# 少年維特的煩惱

歌德 著
謝靜怡 譯

# Die Leiden des jungen Werther

Johann Wolfgang von Goethe

好讀出版

# 編者的話

我在這個可憐維特身上發現的些許事蹟，都是我竭盡所能蒐集來的，現將它揭諸於世——我知道，你們會感激我。對於他的人格，你們必然感到訝異與憐愛；對於他的命運，你們也會不吝於落淚。

若你美好的靈魂和維特一樣都感受到內在衝擊，那麼請從他的痛苦中擷取安慰吧！若你因為命運或本身的罪惡而找不到可親近之人，那麼就讓這本小書成為你的朋友吧！

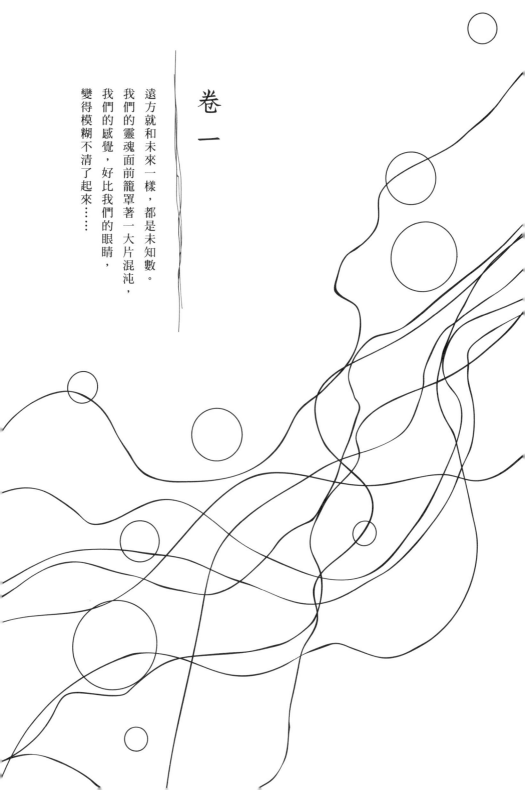

# 卷一

遠方就和未來一樣，都是未知數。
我們的靈魂面前籠罩著一大片混沌，
我們的感覺，好比我們的眼睛，
變得模糊不清了起來……

## 1771/05/04

好朋友，我很高興我離開了。人心真是難以捉摸，我是如此愛你、和你形影不離，但離開了你，我的心情卻很愉快——我知道你會原諒我的。

命運為什麼要擾亂我這樣一顆心，讓我僅存的人際關係受到考驗？可憐的蕾諾拉，但我是無辜的啊——她那充滿魅力的妹妹與我天南地北暢談，可憐的內心由此燃起了熱情，我又能怎麼辦呢？可是，難道我真是無辜的嗎，我沒有助長她的情感嗎？天性中自然而然流露的情感是如此真實，它一點也不滑稽，卻頻頻引我們發笑，難道這一切不曾讓我欣喜嗎？難道我不曾——噢，這個一直對自己發牢騷的人是怎麼了！

親愛的朋友，我向你保證，我會改進，過去我對命中注定的挫折總是滿腹委屈，現在我再也不會提了；我要享受當下，過往的一切就讓它去吧。沒錯，我最要好的朋友，你說對了，置身人群中，傷痛就會減輕，否則，只有上帝才知道為什麼人類會被創造成這副樣子。若要不斷浮想聯翩追憶從前的不堪，還不如擔起這無事一身輕的當下。

你說已告知我母親，我會盡善盡美處理好她的事，並及早通知她；這真是太好了。我和我嬸嬸談過了，發現她絕非眾人口中的壞女人，她開朗而堅毅，而且有副好心腸。我已向嬸嬸解釋母親對遺產被扣留的部分頗有微詞，她則對我說明了原因、理由和條件，像是其中有哪些是她可以全部讓出的，甚至比我們所要求的還多；簡而言之，我現在不想再寫這些事了，你只要告訴我母親「一切順利」就好。我親愛的朋友，從這件小事我再度發現，在這個世界上，因誤會、惰性使然所造成的錯誤，或許比陰險、邪惡還來得重大；至少可以肯定，陰險、邪惡造成的錯誤一定比較少。

我在這裡愜意極了。在這個有如天堂的地方，孤寂是我心靈很珍貴的安慰劑，這個季節也以滿滿的春意溫暖我經常顫抖的心。每棵樹木、每叢灌木都像一束捧花，讓人想化身瓢蟲徜徉芬芳馥郁的花海，在這裡找到一切所需的滋養。

這座城鎮本身並不討喜，周遭卻環繞著無可言喻的自然之美。已故的M伯爵在其中一座山丘建造了花園，這些山丘交錯著各式美景，同時也形成了可愛的山谷。花園很樸實，一踏入，馬上可感覺到規畫之人絕非一板一眼的園丁，而是個自己也很想來這裡享受美好花園的感性設計師。在已逝伯爵的傾頹小屋裡，我落下了幾滴淚，這裡曾是他最喜愛的地方，現在則成了我最喜歡的地方。很快地，我將成為花園的主人；這幾日下來，我和這裡的園丁相處融洽，對於繼續留在這裡，他並不排斥。

1771／05／10

一股高昂的興致攫住了我整個心靈，同時也充盈在甜美的春日清晨當中，我正全心全意享受著這股氣息。儘管孤身一人在此生活，我卻感到心滿意足，這個地方恰是為了那些和我擁有相同靈魂的人而設。

我最親愛的朋友，我非常愉快，並沉浸於寧靜的存在感中。現在的我沒法兒畫畫，連一筆都不行；儘管藝術靈感受到耽擱，我卻不曾像此刻一樣覺得自己像個偉大的藝術家。四周可愛的山谷繚繞著煙嵐，高懸的太陽無法穿透林間濃蔭，凝止於表層，僅幾束陽光得悄悄溜進這聖地。我躺在茂密草叢裡，身旁是淙淙小溪；親近大地，讓我留意到數以千計的各種小草。我在草叢中傾聽這小世界的呢喃細語，數不清的不知名小蟲和飛蚊貼近著我的心，我因而感受到——依其形體創造了人類的上帝與我們同在，慈愛天父吐納出的氣息正在永恆的喜樂中保護著我們。

我的朋友啊，每當天色昏暗下來，周遭的世界與天空如出雙入對的情侶在我心休憩之時，我便經常渴望地思索著——祢心中豐盈溫暖的一切，很可能是祢靈魂的反射，正如祢靈魂反映著無所不在的神祇那般。啊，祢能再將這一切重述一遍嗎？祢能讓它躍然紙上嗎？我的朋友，我是如此沉醉其中，這些景象的蓬勃力道確然懾服了我。

## 1771／05／12

不知道有沒有迷惑人的精靈在這附近飄遊，抑或只是我心熱切美妙的幻想？我覺得四周變得像樂園——此處正前方有一口古井，它如媚惑人心的美人魚美露西娜①姐妹那樣，吸引著我。步下一座小山丘，會發現一道拱門，再往

①Melusine：德國民間故事中著名的水妖，歌德幼時即在書中讀過。他曾多次採用這個題材，後來更運用在短篇小說《新美露西娜》（Die neue Melusine）中。

下走二十來階，就可看到底下清澈無比的泉水自大理石山巖流瀉而出。環繞上方的矮牆、障蔽空地的大樹，還有此處的涼蔭，一切是如此引人入勝，教人激動。我沒有一天不在那兒坐上一個小時。

鎮上的女孩會到這裡打水，這麼一件再平常不過的必要工作，就連國王的女兒也曾做過呢！我就這麼坐著，想起了人類的宗族制度，這念頭如此鮮明，彷彿得見聖經上先人們②在古井旁聯誼與結親，還有在古井與泉水四周飛舞的善良精靈。啊，一個不曾來趟疲累的夏日漫步、然後於清冽水泉旁重振精神的人，大概無法體會這種感覺。

## 1771／05／13

你問需不需要寄書給我？親愛的，千萬不要，別讓書本來煩擾我，我再也不想看到那些指引方向、鼓舞人心或激發熱情的讀物，我自己這顆心就已經夠澎湃了。我需要的是搖籃曲，在我的荷馬讀本中，我找到了很多這類歌曲。我常常得哄住自己憤慨的熱血，因為除了這樣一顆與眾不同、不羈的心，你再不會見到別的了。

親愛的，你是不是很掛心我瀟灑拋開煩惱，然後將甜美的憂鬱化作致命的熱情？我得告訴你，我的確懷有病童般的心靈，對於這顆小小的心靈，我總是盡力如它所願——別把這些話告訴別人，否則就有人要來抱怨我了。

1771/05/15

這個小地方上的人已經認識我了，他們很喜歡我，尤其是小孩。不過，我有個傷心的體認——起初，我向他們自我介紹，善意地問候著他們，其中卻有些人認為我看不起他們，甚至想粗暴地打發我走。我並未發怒，只是切身體會

② Altväter：指聖經上的祖先。對維特而言，荷馬這號人物與「聖經上的祖先」所呈現的形象，是簡化後了的個人模樣。歌德亦曾在自傳《詩與真》（Dichtung und Wahrheit）中，討論「聖經上的祖先」具有的意義。

從前經常察覺的現象，那就是——人一旦有了一點地位之後，總會變得冷漠，並和一般人保持距離，似乎親近市井小民有損他們的高雅；是有些輕浮與卑劣的傢伙，好似放下了自己的身段，卻只是讓窮人更感覺到他們身上散發出的高傲。

我很清楚自己和他們不同，也不會變成那樣。在我看來，那些為了維持尊嚴而覺得有必要遠離底層人民的人，和害怕自己居於下風而躲著敵人的膽小鬼沒什麼兩樣。

最近我去了古井邊，在那裡遇到一位年輕侍女，她把水甕放在階梯最底部，四處張望有沒有其他同伴能助她將水甕頂到頭上。我走下臺階，看著她：「需要我幫忙嗎，小姐？」她臉上的紅暈散了開來：「噢，不，先生！」我答：「不麻煩的。」於是她先放好頭墊，我幫她抬起水甕，道過謝後，她便步上了階梯。

## 1771/05/17

我結識了形形色色的朋友，卻還未找到志同道合的伴。我不知道自己具備了什麼吸引人的特質，這些人似乎非常喜歡我，和我很親近。對於我們只能在人生路上同行一小段，為此，我感到很難過。如果你問我，這裡的人怎麼樣？我得告訴你，和其他地方沒什麼兩樣。人類這種生物都是一個樣，大多數人為了生存，很多時候總在汲汲營營，而所剩無幾的閒暇時間又極為不安地想盡辦法要打發掉，啊，這就是人類的宿命。

不過，這裡的人真的很善良。偶爾，我會忘卻自己，與他們共享人間尚存的一些歡樂，像是圍坐在桌邊敞開心胸談笑風生，趁天時地利人和時一起駕車出遊、跳舞等，這些事對我確實有正面影響；只是，絕不能思及自己心中仍蟄伏著許多不同的力量，那些還沒發揮就腐朽了的力量，我甚且得小心翼翼地藏起它們，啊，這怎能不縛住我整顆心！然而，被誤解正是我們這類人的宿命。

唉，我少年時代的女友已不在人世了。唉，當初我們為何要相識呢！我告訴自己，你是傻子，你在找尋俗世裡所沒有的東西。但我曾經擁有她，我感受過她的心、她偉闊的靈魂，在她面前，我彷彿比原來的自己更為豐厚，我，成就了我自己。天啊，我的靈魂中是否還有未曾展露的力量？我的內在生出了美妙的感覺，難道不能在她面前全然施展出來嗎？我們的交往，不正是以最細膩的情感、最透徹的理解，甚至是玩笑淘氣等所有絕妙印記，交織而成的一張永恆之網嗎？而今，啊，她先我而生，亦先我而逝，我永遠不會忘記她，永遠不會忘記她堅定的意志與無比的毅力。

前幾天我遇到了年輕的V，他是個個性率直、外型討喜的年輕人，才剛從大學畢業，儘管認為自己不甚聰明，也自信懂的並不比別人少；從各方面來看，他很勤學，簡單一句話，他學識很淵博。他聽說我擅長繪畫與希臘文（這兩項本事在此地可說很少見），特地登門拜訪。他搬出了滿腹學問，從巴托到伍德，從德・皮勒到溫克爾曼，並向我保證已經讀完舒爾澤理論的第一部，手邊還有海內對古典時期的研究手稿③——隨他去說吧！

我還認識了一位地方的行政官，他是個正直坦率而真誠的人。他有九個孩子；有人說，看他和孩子相處，內心深處會油然生起一股喜悅，而他的長女尤其令人驚嘆。他邀我到府上作客，我確實想儘早前往。他住在一名侯爵的狩獵行館裡，離此地一個半小時路程——妻子過世後，他便獲准移居此處，只因住在城裡和官邸不能不讓他傷感。

此外，我也在路上碰到幾個怪人，他們的一切教人難以忍受，最讓人受不了的就是他們表現出的友善與親切。

再會吧，這封信會合你意的，因為它如實記載了一切。

## 1771／05／22

浮生若夢，對有些人而言如此，於我，這種感覺亦時時湧現心頭。我注意

③ 巴托（Charles Batteux, 1713～1780），法國哲學家暨美學作家，啟蒙時期建立了「純藝術」的分類。
伍德（Robert Wood, 1716～1771），英國古典研究學者暨政治家。
德・皮勒（Roger de Piles, 1635～1709），法國畫家暨藝評家。
溫克爾曼（Johann Joachim Winckelmann, 1717～1768），德國考古學家暨藝術學家。
舒爾澤（Johann Georg Sulzer, 1720～1779），德國數學家。歌德撰寫本書時，舒爾澤正好於一七七一年發表了《美藝通論》（Allgemeine Theorie der Schönen Künste）第一部。
海內（Christian Gottlob Heyne, 1729～1812），德國古典文化研究學者。

到有種限制阻礙著人類的活動力與探究力，我看見人類為此傾注了所有心力以求突破；然而，延展了原本貧乏的生命力之後，撫慰我們的卻是行屍走肉般的生活，啊，我們不過是在禁錮自己的四面牆壁，自欺欺人地畫上繽紛圖案和光明前景罷了——威廉，這一切，都讓我無言以對。我回歸自己的內心，卻發現了一個世界，一個比較像預期中的模糊慾望世界，而非清晰蓬勃的世界；這一切都在我感官面前飄遊，我則像做夢般含笑繼續走入這個世界。

學問高深的學校老師和家庭教師一致認為，小孩不知道自己為什麼會有慾望。不過，成人也像小孩一樣，都在這個俗世中跌跌撞撞，不知自己所為何來，歸往何處，因此言行舉止沒有確切的目標，而且也如孩童般受到餅乾蛋糕和籐條的驅使；關於這一點，沒人願意相信，在我看來卻顯而易見。

我知道此刻你想對我說些什麼，我很樂意向你承認——最快樂的人，就是那些和小孩一樣無憂無慮過日子的人，他們拖著布偶到處走，替布偶穿穿脫脫，煞有其事地徘徊在媽媽鎖著甜麵包的抽屜附近；當好不容易弄到這想望已久的東西，便狼吞虎嚥吃得整個臉頰鼓鼓的，一邊說著「我還要」，這就是幸福的人。還有一種人也很幸福，他們會美化自己卑微的工作或熱情，冠冕堂皇地當作人類病入膏肓與社會救濟的萬靈丹；能夠做到這地步的人，真是幸福。

但，卻有人能虛心認出這一切所造成的後果，能看出那些內心富足的人如何將自家小花園打理成天堂，那些不幸的人又是如何在沉重的負荷下，一路不屈不撓地喘息著向前行；這樣那樣的人，共同的希望便是見到多一分鐘的太陽算一分鐘。是的，這樣的人一直建構著自己的世界，因自己生而為人感到快樂，儘管人生有所局限，內心卻一直保有甜蜜的自由感受——只要他願意，隨時可以脫離這牢籠。

1771
／
05
／
26

你向來了解我的個性，我喜歡安定，喜歡在熟悉的環境找間小屋，過簡樸的生活。在這裡，我又找到了一方吸引人的小天地。

離此鎮約一小時路程，有個叫瓦爾海姆④的地方，它位於一座小山丘上，

④請讀者毋需費心找出這個地方，原先的真實地名顯然已出於必要更改過了。（本書原注）

景色非常引人入勝；順著小徑往上走，從那兒俯瞰村落，整座山谷將盡收眼底。那裡有個和氣的客棧老闆娘，雖然上了年紀，仍很殷勤開朗，不斷為客人斟上葡萄酒、啤酒和咖啡。此外還有兩棵菩提樹，茂盛枝幹遮蔭了教堂前的小廣場，教堂四周則環繞著農舍、穀倉和院落。好不容易找到這樣一處親切僻靜的小所在，我要人將桌椅從客棧搬出，坐在那兒一邊喝咖啡，一邊讀我的荷馬。

一個風和日麗的午後，我不經意地來到這兩棵菩提樹下，覺得這個小所在如此寂靜，大夥都上田裡去了，只有一個年約四歲的小男孩坐在地上，雙腿伸直，上頭坐著另一個差不多只有六個月大的嬰兒；不僅如此，男孩還用雙手環抱小嬰兒，讓自己成了一張沙發椅。男孩安靜地坐著，一雙生氣勃勃的黑眼睛四處張望著。這是幅令人心怡的景象，我興之所至，坐到了對面的犁上，畫下這幅賞心悅目的手足之情，還依前後遠近畫上旁邊的籬笆、穀倉大門，以及一些破舊的車輪。約莫一個小時後，我發現自己完成了一幅層次分明、趣味盎然的寫實畫，其中沒有半點出於我的想像。

未來，我歸順大自然的決心更強烈了。大自然本身擁有無比豐富的資源，它可以造就出偉大的藝術家。對於人世間的各種規範，確實如市民社會那樣有許多可稱頌的優點；依照社會規範教育出來的人，長大成年後絕不會變得平庸惡劣，正如那些在規矩與富裕中成長的人，永遠不會變成令人無法忍受的鄰居或惡名昭彰的無賴。可是反過來看，人們所說的那些一切必要規範，也會摧毀我們對大自然的真實感受與真實表現。你一定會說：「這說法太嚴苛了，規範只是用來限制、剪除那些過於繁茂的枝蔓罷了！」我的好朋友，要不要我打個比方呢？

這就和愛情的道理一樣。有個年輕人全心全意地愛著一個女孩，他無時無刻都將自己奉獻給她，耗盡了所有的精力與金錢，只為了讓她知道他是多麼傾心於她。此時，出現了一個身居公職的庸俗男人，對他說：「聰明的年輕人啊，戀愛是人之常情，不過你得適可而止，好好分配一下你的時間。一部分的時間要用在工作上，另一部分的閒暇時間才用在你的女孩身上。清點你的財產，看看哪些是你必要需求之外所剩餘的，這些就不要吝惜，買個禮物送她！但不要太頻繁，大概在她生日或命名日⑤偶一為之就好。」

倘若年輕人聽從此建議，那麼我們就有了一有為青年，而我也會向每位公

⑤ 命名日（Namenstag）：在信仰天主教或東正教的國家、地區，人們會慶祝和自己同名聖徒的紀念日，命名日和生日的慶祝方式大同小異，但重要性甚至高於生日。

爵舉薦，讓他擔任幕僚的工作，只不過，他的戀情可就完了。如果他是個藝術家，他的藝術也就廢了。噢，我的朋友，為何天才之流鮮少湧現呢？鮮少在高漲的潮水中澎湃怒吼，撼動你們訝異的靈魂？親愛的朋友，河的兩岸住著處變不驚的先生們，他們的花園小屋、鬱金香花圃和香草田就要被沖毀了，以後他們會知道得築堤防與引道，以防患未然。

1771/05/27

我發現自己太投入了，只顧著打比方和高談闊論，忘了跟你說那兩個孩子後來的情況。正如我昨天在信上鉅細靡遺所言，我在犁上大約坐了快兩個小時，完全沉浸在如詩如畫的感受中。近傍晚，有位手上挽著籃子的少婦朝這兩個孩子走來，她大老遠地就喊：「菲利普，你好乖啊！」孩子們卻無動於衷。她向我打了招呼，我回了禮，起身朝她走去，問她是不是這兩個孩子的母親？她一邊回答「是」，一邊遞給小男孩半片長型白麵包，然後抱起小嬰兒，以滿滿的母愛親吻他。她說：「我把小兒子交給菲利普照顧，然後帶大兒子進城買了些白麵包和糖，還有一個熬粥的砂鍋。」在她那上蓋已然脫落的籃中，我看見了她買的東西。

婦人說：「晚餐，我想替漢斯（小兒子的名字）煮點湯。我家老大，這個冒失鬼昨天為了扒出鍋裡剩下的粥，跟菲利普吵了一架，還打破了我的鍋子。」我問，大兒子在哪兒？她說，他在草地上趕鵝。話沒說完，大兒子便蹦蹦跳跳跑了過來，並給了他大弟一根榛樹枝。

我和少婦繼續聊天，得知她是本地一位校長的女兒，夫婿為了繼承親戚的遺產去了瑞士。她說：「他們也許是想欺騙他，故意不回信給他，所以他只好親自跑一趟，可是至今音訊全無，但願他別遇上什麼壞事才好。」我很難拋下他們不管，因此給了每個孩子一枚錢幣，連最小的那個也給了，讓她進城時可以替小漢斯買塊白麵包配湯。之後，才告辭離去。

親愛的，我告訴你，每當我情緒無法壓抑之際，只要見到這類人，所有的煩躁衝動就會緩和下來。在狹小的生活圈中，這類人仍泰然沉著地處世，自立自強，日復一日，他們是那種「看到凋零的樹葉，除了思及冬天就要來臨，再不會有其他念頭」的人。

自此以後，我便經常坐在客棧外頭，孩子們和我變得很熟。喝咖啡時，我會把糖給他們；晚餐時，我會和他們分享奶油麵包與酸奶。星期天，他們總會得到我的銅板，要是我在禱告後沒上那兒去，客棧老闆娘便會代替我給。

孩子們和我很親，對我無話不說。當村裡的孩子全聚攏了過來，他們身上的熱情、所散發出的單純渴望，尤其令我歡欣喜悅。他們的母親擔心孩子會太打擾我，著實讓我費了好一番功夫才消解她的擔憂。

1771/05/30

最近，我和你談到對繪畫的一些觀點，肯定也適用在詩的藝術上，這不過是「人們認識了某些美好事物，勇於表現，試圖以最精簡的元素道出最豐富的內涵」罷了。今天，我看到一幅景象，將它原原本本謄錄下來，這很可能就是世上最美的田園景致；那麼，什麼是詩、景與田園詩？當我們想擷取一部分的自然現象時，它必得不斷地被斟酌推敲嗎？

從這段開場白，你若以為我會講出什麼精闢的見解，恐怕你的期望要落空，因為主體不過是個很讓我感興趣的農家男孩罷了。我向來不會說故事，我想，你必然一如往常覺得我又過於誇張了——又是瓦爾海姆，而且總是瓦爾海姆，就是這麼一個時有鮮事發生的地方。

菩提樹下有群人在喝咖啡，但他們和我不太款洽，我便藉故脫身。有個年輕農夫從隔壁屋子走出來，動手修理我曾畫過的那個犁。我很喜歡他身上散發的氣質，因此與他攀談起來，並得知了他的處境。正如我和這類人的相處一樣，我們很快便認識了彼此，而且很快熟悉了起來。他告訴我，他替一名寡婦工作，她待他非常好。他說了好多關於她的事，還對她讚不絕口，我馬上發現他正全心全意地愛著她。他說她已不年輕了，但亡夫生前對她很壞，因此她並不想再婚。話中明顯透露出他為她的美麗、魅力而傾倒，他殷切盼望她能接納他，一改她前次婚姻裡所遇非人的印象。

我得逐字逐句地敘述，才能栩栩如生展現這年輕人的癡心、愛意與真誠。要想生動描繪他說話時的神情、和諧的語調，以及目光中隱隱若現的熱情，那我得擁有偉大詩人們具備的天分才能辦到。噢，不，沒有任何話語能表達他的整體氣質，以及談吐中展露的柔情，我所重現的一切只能顯得粗劣愚蠢。

尤其令我感動的是，他很擔心我認為他倆並不相配，更擔心我懷疑這名寡婦的言行不端莊。儘管寡婦的身形體態不復青春魅力，但提起她時，他的神情是那麼吸引人，這點只能容我在心靈深處反覆品味了。我從未見過這樣純潔的急切渴望，一種熱烈、渴慕的盼望，或許可說我不僅不曾想見、夢中也從未出現這樣的純潔之心。要是我跟你說，每當回想起那份無邪與純真，我內在的靈魂便會狂熱起來；無論身在何處，他那癡心溫柔的神態總在我腦海裡盤旋，教我也情不自禁害起相思來！你可別因為這些話而責備我。

我現在就想去找那位寡婦，越快越好。然而幾經三思，還是不去為妙，從情人眼中想像她為好；說不定從我的觀點看，她會和我想像的不一樣，那麼，我又何苦破壞這美好的意象呢？

## 1771／06／16

為什麼我不寫信給你？虧你是個讀書人，居然還這樣問我。你大概可以猜到我現在過得很好，而且好得不知所措吧——簡單地說，我認識了一個人，她擄獲了我的心，我已……

我怎麼認識這個可人兒的？要一五一十向你報告事情經過，實在有些困難，現在的我很幸福、很快樂，倒不適合當個說故事高手了。

天使——唉，人人都會這麼形容自己所愛的人，可不是？但我是真的無法向你描述她是怎麼個完美法、為什麼這麼完美，總之，她已讓我六神無主——如此純樸，卻又如此慧黠；如此善良，卻又如此堅毅；在現實生命中忙碌著，又能保有心靈的寧靜……

前面形容的這一切，不過是些言詞拙劣的空話，這些空洞抽象的敘述絲毫無法表述其一。下次——不，不要下次，我現在就原原本本告訴你，要是現在不做，就永遠都不會做了；因為提筆寫信之際，我已三度將筆擱下，打算給我的馬上鞍，然後騎馬去找她。今天一早原本下定決心絕不出門，目光卻一直飄向窗外，看看太陽還有多高。我克制不住了，我得出門找她去——我回來了，威廉，晚上待我吃過奶油麵包後再繼續寫信。她有八個活潑可愛的弟弟妹妹，能在孩子們的包圍下見到她，我的內心何等歡喜。

照我這樣寫下去，你從頭到尾都會一頭霧水吧！聽著，我要強迫自己仔細說給你聽！

前陣子，我曾在信中提及結識了本地行政官S，他希望我儘早到他府上作客，或說前去他的小小王國拜訪。我一直拖延著……而如果一直沒去，可能就沒機會發現隱藏在這幽靜之處的寶藏了。

此地年輕人在鄉間舉辦了一場舞會，我也欣然前往。我邀請了一位和善美麗、但對我而言沒其他意義的本地女孩做舞伴。我們相約，由我雇馬車去接她和她表姐，然後一起前往舞會，不過途中得去接夏洛蒂。當我們朝狩獵行館前進，正穿越一大片墾伐過的廣闊森林時，我的女伴說：「您就要認識一位年輕美麗的女孩了。」她表姐也補上一句：「您可千萬別愛上她啊！」我問：「怎麼說呢？」表姐答：「她已經名花有主了！她的未婚夫是個很正直的人，他因父親過世，出門處理一些事，順道去應徵一個體面的職位。」聽到這些話，我絲毫不以為意。

當我們來到行館大門口，距離太陽下山還有十五分鐘。天氣很悶熱，灰沉沉的烏雲似乎全都聚集在地平線上，女孩們擔心暴風雨將要來臨。我搬出自以為是的氣象學知識哄騙她們，但隨即也開始預感這場暴風雨會掃興。

我下了車，有位女僕來到門口請我們稍候，說洛蒂小姐馬上就來。我穿過院子，朝這幢講究的建築走去。踏上階梯進門之際，我看見一幕前所未見的景象——前廳裡有六個年紀二到十一歲的孩子簇擁著一個女孩，她的身材穠纖合度，姿態優雅，身穿一襲素淨白衣，袖子和前襟綴有粉紅色蝴蝶結；她的手裡拿著一塊黑麵包，按照身旁每個孩子的年紀與胃口，為每個人切了一片，和藹地遞給他們。麵包還沒切好前，每個孩子的小手都往上伸得好長，接著自然然地大喊一聲「謝謝」，拿著麵包心滿意足地跳開去；幾個個性文靜的孩子拿了麵包後，默默朝院子門口走來，打量我這個陌生人，以及這輛將要接走洛蒂的馬車。

她說：「很抱歉，還讓您進來等我。我忙著換衣服和整理家務，居然忘了給弟弟妹妹們吃點心，而他們又非我切的麵包不吃。」我說了幾句無關緊要的客套話，整顆心卻早已被她的身影、音調和舉止所吸引。當她進房間拿手套和扇子時，我朝年紀最小的孩子走去，他是個臉蛋很討喜的小男孩。他往後退了退，正好洛蒂從房裡出來，便說：「路易，和大哥哥握握手呀！」小男孩率真地伸出手來，我則再也忍不住，不顧他的小鼻子還掛著鼻涕，親熱地吻了他一下。

「大哥哥？」我一邊說，一邊把手伸向她，「您覺得我有此榮幸做您的親戚嗎？」洛蒂帶著淺淺微笑，說：「噢，我們家的親戚可多著呢！倘若您是其中最糟糕的一位，那可就太遺憾了。」她一邊走，一邊吩咐蘇菲（排行在她之後的次女，年約十一歲）好好照顧弟弟妹妹，父親散步回來後要向他請安；對於其他手足，她則說要把蘇菲當成大姐，乖乖聽話。其中幾位大聲答應，但有個看起來十分淘氣、年約六歲的金髮小男孩卻說：「可是她又不是你，洛蒂姐姐，我們比較喜歡你啊！」另外兩個年紀較長的男孩則從後方爬上馬車，在我的請求之下，洛蒂才答應，只要他們安安分分坐好不胡鬧，就讓他們跟到林子裡再下車。

我們還未坐定，女孩們便互道歡迎，對彼此的衣著品頭論足一番（尤其是帽子），然後興奮談論著今晚的聚會。此時，洛蒂請車伕停車，讓兩個弟弟下車，他們則想再親一下她的手——年約十五歲的大弟如小紳士般親吻她，另一個則顯得莽撞草率許多；洛蒂再次交代他們代為問候家中弟弟妹妹，我們才繼續上路。

舞伴的表姐問洛蒂，是否已讀完寄給她的書？洛蒂答：「還沒呢！這本我不太喜歡，可以先還你，但前一本也沒有比較好看就是了。」我問那是什麼類型的書？她回答：「——⑥」我驚訝不已。言談中，我發現了她身上的許多特質——每字每句，都讓人瞧見她臉上不斷迸發嶄新的神采魅力；她的表情逐漸舒展，顯得很愉悅，那是因為感受到我對她的理解之故。

洛蒂說：「在我年紀小一點時，沒有什麼比長篇小說更令我著迷的了。每到星期天，我就會窩在一個小角落，一頭栽進珍妮小姐⑦的快樂與悲傷之中，沒有人知道這時候的我有多麼快意。現在我也不否認，這類書籍對我仍有吸引力，不過由於我實在沒有太多時間閱讀，所以讀的書必定得合口味。我最喜歡的，是那些可以讓我重新認識自己所處世界的作家，可以碰見我周遭事物的作品，還有內容和我家庭生活同樣真切有趣的故事——這當然不是什麼天堂樂園，但總歸地說，它是一種無可言喻的幸福泉源。」

她的話讓我激動不已，我試圖隱藏自己的情緒，但當聽了她對《威肯費爾德的鄉下牧師》⑧、對誰誰的真知灼見⑨後，便再也無法壓抑，一古腦兒地把想說的一切都告訴了她。過了好一會兒，當洛蒂轉過去和另外兩個女孩說話時，我才注意到她倆一直睜大眼睛坐在那兒，我卻似乎忘了她們的存在。舞伴

---

⑥ 儘管作家本人不太可能在意一個年輕女孩或定性還不太夠的年輕人對他的評論，但出於必要，仍刪除了信中此處，以免多生不快爭端。（本書原注）

⑦ 珍妮小姐（Miß Jenny），影射當時某部很流行的感傷主義小說中的人物。

⑧ 《威肯費爾德的鄉下牧師》（Landpriester von Wakefield）：英國作家歌德史密斯（Oliver Goldsmith）所著，原書名為《The Vicar of Wakefield》，一七六六年出版後迅速傳到德國，風靡了無數嚮往自由、自然與靈性的人，在德國造成的轟動不亞於英國。

⑨ 這裡略去了一些本國作家的姓名。相信贊同洛蒂想法的人閱讀至此處，必然會有同感，人名也就毋庸贅述了。（本書原注）

的表姐不只一次對我嗤之以鼻，但我一點也不在乎。

話題轉到跳舞的興趣上。洛蒂說：「若要說這興趣有什麼不對，那我很願意向你們坦承，我最熱中跳舞了。每當心情不好時，我就會在自家那架走音的鋼琴彈上一首迴轉對跳的舞曲，那麼一切都會好轉。」

談話時，我欣賞著她的黑眼睛；她生動的雙唇、清新爽朗的臉頰，全然吸住了我整副靈魂。我太陶醉於她美妙的談吐，有時甚至沒能把她的話語聽進去——這點你應該可以想見，畢竟你那麼了解我。不久，我們抵達會場門口，我像迷失在朦朧夢境般下了車，幾乎沒注意到前方燈火通明大廳傳來了音樂。

奧德蘭和某位NN君（我忘了他的大名）來到車門前迎接我們，他們分別是表姐和洛蒂的舞伴。兩位男士各自挽起女伴，我也牽著舞伴一塊兒走了進去。

我們跳起曼奴艾特舞⑩，我換了一個又一個舞伴，這種舞最教人受不了的，就是那些不懂得該朝你伸出手、好結束這支舞的女伴。洛蒂和她的舞伴率先跳起英國舞，當她依序過來和我對舞時，你可以想見我有多高興。你真的得看看她的舞姿，你會發現她全然投入了心神，肢體動作如此和諧，無拘無束，彷彿舞蹈就是一切，彷彿什麼也不想、什麼都感覺不到，相信此時此刻她眼前的一切全都消失了。

我邀她跳第二支對舞時，她答應會和我跳第三首，還親切爽颯地告訴我，她打從心底喜歡德式舞曲。她接著說：「跳德國舞時，不需要交換舞伴，這是這裡的風氣。我的舞伴華爾滋跳得很糟，他很感激我免了他這首曲子；您的舞伴不太行，而她也不喜歡跳。跳英國舞的時候，我看到您華爾滋跳得很好，因此若您願意和我一起跳德國舞，那就麻煩您跟我舞伴說一聲，而我也會告知您的舞伴。」我牽起她的手，並且約定著，我倆跳舞時，她的舞伴應該陪著我的舞伴。

現在要開始了！有好一會兒，我們盡情變換著各式繞手臂的動作，她的舞姿如此迷人而流暢呀！這時我們進入了華爾滋，大夥全都暈頭轉向的，因為會跳這種舞的人不多，一開始自然有些混亂。我們可聰明了，就讓他們繼續忙亂，直到那些真的不行的人空出舞池，我們才進去跳，還和另一對（奧德蘭和他的舞伴）一起痛快地跳到結束。我從不曾舞得這麼輕快，懷裡的麗人兒讓我飄飄欲仙；與她一起翩翩飛舞，周遭的一切彷彿隨風消散，況且——老實說，

⑩曼奴艾特舞（Menuett）：巴洛克時期很風行的舞，直到十八、十九世紀都還很受歡迎；在跳這種舞時，同一時間裡，每對舞者的動作都是一樣的。

威廉，我在心中發誓，對於所愛的女孩，我會要求她，除了我，絕不能和其他人共舞，即使會粉身碎骨我也在所不惜。這你是懂我的！

我們沿著大廳走了幾圈，喘喘氣，然後她坐了下來。我從旁邊拿來的幾顆僅剩柳橙正好派上用場，只不過，當她出於禮貌和一旁那位臉皮還真不薄的女士分享著每一瓣時，我的心就會抽痛一下。

跳第三首英國舞曲時，我們排在第二對。我們在隊形裡共舞時，我一直盯著她的手臂和眼睛瞧，它們騙不了，表露出眼前女子全然敞開的心胸與純真的快樂。我們經過一位女士身旁，風華已逝的面容上堆滿親切笑意，讓我覺得很奇怪。她微笑地看著洛蒂，做出威脅性手勢，並在我們兩次錯身而過時，意味深長說了「亞柏特」這個名字。

我問洛蒂：「亞柏特是誰？希望我的問題不會太失禮。」她剛要回答，我正好鬆開她的手，以利隊伍排出一個大8字形。我們側面交錯時，我想，我看到了她緊鎖的眉頭。「不瞞您說，」她一邊說，一邊將手伸給我做行進步，「亞柏特是個正人君子，而我們已經訂婚了。」對我而言，這並不是什麼新聞（畢竟同行的兩個女孩已在路上跟我說過），可是又覺得聞所未聞，一直沒想到這有什麼關聯，誰知她居然在這麼短時間內變得如此舉足輕重。夠了，我心亂如麻，忘了舞步，踏進了另一對舞者之中，弄亂了整個隊形，幸好靠著洛蒂的專注拉上我一把，才讓隊伍迅速恢復秩序。

這支舞還沒跳完，先前在地平線上看到的閃電已經越來越強烈（我一直覺得閃電會讓天氣涼爽許多），音樂聲亦同時伴隨著隆隆雷聲。有三個女孩跑出了隊伍，她們的舞伴跟在後面，現場一片混亂，音樂也停了下來。樂極生悲，代表我們在極樂之時遭逢了不幸或可怕事件，之所以揮之不去，有部分原因是反差太大，讓人結結實實受到了衝擊；更大一部分原因是，我們感官全開，自然加速了對某些印象的接收。我要說的是，舞會現場大亂當下，我注意到許多女士花容失色——最聰明的那個女孩坐到了角落，背脊靠緊窗戶並掩住雙耳；另一個則跪在她面前，把頭埋進她懷裡；還有一個擠進這兩人之中，淚眼潸潸地擁著自己的姐妹。有些人想回家；有些不知該如何是好的女孩則不安地向上天禱告，甚至無法理智擋下身邊小夥子大膽輕佻的舉動——他們似乎忙著從愁容滿面的美麗女伴唇邊，吻走她們的禱告詞。幾位紳士則在一旁靜靜抽起菸來。就在其他人還不知該如何打發時間之際，女主人想出了一個好主意，領著眾人來到一間掛著百葉窗與簾子的房間。才正要進去，便看到洛蒂忙著將裡頭的椅子排成圓圈，大夥在她的請求下坐到椅子上，準備玩一場遊戲。

我看到幾位男士噘起了嘴、摩拳擦掌，一副勝利在望的樣子。洛蒂說：「我們來玩數數兒的遊戲吧！現在注意了，我沿著圓圈順時針繞，你們則要一邊數數兒，每個人報一個數字，依序數下去，而且要像野火一樣快，停頓或數錯的人就要被打一耳光，就這樣數到一千為止。」這下可有趣了。她張開雙臂沿著圓圈走，第一個人說「一」，旁邊的人數了「二」，下一個數「三」，然後接續下去。她開始加快腳步，而且越來越快，這時有人數錯了——「啪」，挨了一記耳光。歡笑聲中，又有人數錯啦——「啪」。速度越來越快，我也挨了兩巴掌，內心為之竊喜，覺得和其他人相比，她對我下手重了些。一千都還沒數到，遊戲就在滿室笑鬧聲中結束。知心的朋友彼此挨在一起，暴風雨已經過去了。

我隨洛蒂走進大廳，她邊走邊說：「挨了幾下耳光，大夥就把壞天氣和一切都忘記了。」我無話可回。她繼續說：「其實我是最害怕的一個，剛剛卻故作勇敢為大家壯膽，我也因此生出了勇氣。」我們來到窗邊，遠方還打著雷，雨滴淅瀝瀝灑落大地，一股清爽舒適的氣息充盈溫暖空氣中，朝我們襲來。洛蒂撐著臂肘而立，目光飄向窗外，先看了看天空，然後看著我，我也凝視她熱淚盈眶的眼睛。她把手放到我的手背上，說：「克洛普史托克！⑪」我頓時想起此刻盤旋在她腦海的那首美麗頌歌⑫，百感交集地陷入了思緒裡——她，藉著頌歌的意涵，於我心傾注這股潮湧而來的思緒啊！我情不自禁彎下身，在無限喜悅的淚光中親吻她的手，並再次凝望她的眼睛——高貴的詩人啊，要是你曾經從她的眼神看見對你的崇拜，那麼我可不想再聽其他人褻瀆般地提起你的名。

## 1771／06／19

上一封信講到哪兒，我已經不知道了。我只知道，上床就寢時，已經凌晨兩點了。要是能當面和你促膝長談而非寫信，我也許會留你到天亮呢！

---

⑪ 克洛普史托克（Friedrich Gottlieb Klopstock, 1724~1803）：德國抒情詩人，於一七四八年發表《救世主》（Messias）後一舉成名，被當時年輕人視為深具啟發性的詩人與精神導師。

⑫ 那首美麗頌歌：是指克洛普史托克於一七五九年完成的詩歌〈春之慶〉（Die Frühlingsfeier），這首詩對克洛普史托克的粉絲而言可說耳熟能詳。洛蒂想到的，是此詩最後兩節——「啊，天地因甘霖簌簌作響！曾經如此乾涸的大地，此刻已獲潤澤，穹蒼釋出了它滿滿恩典。瞧，而今耶和華不再自暴風雨中來，祂於寧靜輕柔的風中現身，祂下方拱起了一道和平的長虹！」

我們離開舞會的回程路上發生了什麼事，我還沒告訴你，不過今天也沒時間講。

只能說，那天的日出美妙無比，我們身邊滴著水的樹林與清新的田野也不遑多讓。兩位女伴打起了盹，洛蒂問我是否也想休息一下，她要我別因為她而拘束。「只要看著這雙睜開的眼睛，」我一邊說，一邊注視著她，「我就不覺得睏倦。」於是我們兩人一路保持清醒地直到她家門口。女僕輕聲打開大門，並回答她的父親與手足均安好，大家仍在睡夢中。我請求她，允許我當天能再前往拜訪，她答應了我的請求，所以我就去了。

從此以後，儘管日月星辰仍無聲無息地運轉，我卻再也顧不了黑夜與白晝，這世界的一切已然在我四周消失。

## 1771／06／21

我過得很幸福，就像上帝為祂的聖徒特別保留的時光一樣。因此不管將來如何，我都不能說自己從未享受過人生的喜樂，一種最純粹的喜樂。我向你提過的瓦爾海姆，我已經在那兒安頓下來了，從那裡到洛蒂家只要半個小時——在那裡，我體會到了什麼叫人間至樂。

最初，選擇到瓦爾海姆散步時，我想都沒想過天堂居然近在咫尺。現在，狩獵行館蘊藏了我所有的願望，我經常在長程漫步的路途中，從山上或從平原眺望著河對岸的它。

親愛的威廉，關於人類渴望拓展自我、挖掘新事物以及四處遊歷這些事，我都曾多方思考過；此外，對於願意屈從限制、心無旁騖在慣常規範下度日的那份內在本能，我也想了很多。

這太美妙了——來到這裡，從山丘上俯瞰美麗河谷，身邊的一切如此令我心醉。那邊的山巔，啊，你可以在上面眺望遼闊的田野、連綿不絕的山丘，以及熟悉的河谷。要是我能徜徉其中該有多好，我匆匆前去，然後回到這兒，卻沒能找到期望中的事物。遠方就和未來一樣，都是未知數。在我們的靈魂前面籠罩著一大片混沌，我們的感覺，好比我們的眼睛，變得模糊不清了起來，而我們，啊，渴望奉獻出全然的自己，只想被那份獨一無二、偉大美妙的喜悅徹底滿足。啊，我們匆匆前行，「彼端」終於成為「此處」，一切卻如同過往，我們仍然處在貧乏之中，站在自我限制之中，內在靈魂渴望著更多從我們手上溜走的新事物。因此，即使是最漂泊不定的遊子最終仍渴望落葉歸根，在家鄉的小屋、妻子的懷抱、孩子的圍繞，以及為家計的奔忙之中，找到過去在遙遠異鄉遍尋不著的幸福。

每日清晨，晨曦伴隨著我來到瓦爾海姆，在那家客棧的花園摘採豌豆，坐下來剝豆莢，還一邊閱讀荷馬；在小廚房選個鍋子，挖一杓奶油，把豆子放上爐火並蓋好鍋蓋，然後坐下來，不時還得搖晃一下鍋子——這樣的時刻，總覺得那些追求潘妮洛普的放肆傢伙，他們殺豬宰牛的烹煮場景彷彿就在我眼前⑬。感謝上帝，讓我能自然地融入人類群體生活，除此之外，再也沒有比這更寧靜真實的感受可以滿足我的心了。

當一個人將他親手栽種的捲心菜放上餐桌——不只是這顆菜本身，還有每個種植灑水澆沃的美好朗晝、可愛向晚，以及伴隨作物生長帶來的喜悅，點滴無一不讓人於此刻再度享受著。我非常愉快，內心感受到人類生活裡那份單純和善的幸福。

1771/06/29

前天有個城裡來的醫生到行政官家裡拜訪，他看到我坐在地上和洛蒂的弟弟妹妹玩耍，有幾個在我身上四處磨蹭，有的和我打鬧，而我則搔他們的癢，還跟他們一起鬼吼大叫。

這醫生是個老古板，說話時不斷整平袖口上的摺線，拉扯自己的衣襟。他認為我這種跟孩子嬉鬧的行為有失知識分子的尊嚴，這點我從他的鼻子就看出來了，不過我才不管他。讓他去做他口中的正經事好了，我則拿紙卡重新蓋回那幢被小孩破壞的紙房子。後來，他還在城裡四處抱怨，說行政官的孩子教養不夠好，維特更是徹底寵壞了他們。

是的，親愛的威廉，在這世上，要數孩子最貼近我的心。我從他們身上發生的微不足道小事，看到了一切美德和力量的根源，而這些是他們將來所亟需

⑬ 潘妮洛普（Penelope）是荷馬史詩《奧德賽》（Odyssee）中，主角奧德賽之妻。奧德賽在海外飄泊，他美麗堅貞的妻子追求者眾，他們不但占據他的皇宮，還在裡面大吃大喝。

的；我也在他們的固執中看到了長大後的堅毅性格，在他們的任性中瞥見對付人世艱險的幽默感與自在，一切是如此純潔而完整。這便是為什麼，我總不厭其煩說著人類導師教給我們的金科玉律——「你們無法回復成他們當中的任何一個人！⑭」

我最好的朋友，孩子也是我們的同類，我們本該視他們為典範，現在卻把他們當成附庸看待。

他們不能有自我意志嗎，為什麼我們成人就可以有？這其中的特權何在？只因為我們倚老賣老！

仁慈的天帝，祢不也視眾生為或大或小的孩子嗎，至於祢在哪些孩子身上找到了更多快樂，祢兒子早已昭示過。可是，人們信奉祂，卻不聽從祂（這也是老生常談了），而且還照自己的僵化教條來塑造孩子。

再見了，威廉，我不想再多費唇舌。

1771/07/01

洛蒂在病人心中扮演著什麼樣的角色呢？在我可憐的心中，我可是比某些久病臥床的人還要痛苦。洛蒂進城幾天，前去照顧一位賢雅的夫人；據醫生說，那位夫人來日無多，她希望臨終前洛蒂可以陪在身邊。

上星期，我和洛蒂一塊兒去拜訪聖○○的牧師，那是距離山區約一小時路程的小村莊。我們在下午四點左右抵達，洛蒂還帶了她二妹。當我們進到那座有兩棵大胡桃樹遮蔭的院子時，慈祥的老牧師正坐在門前凳子上。一見到洛蒂，他如返老還童似的，連那根有節瘤的拐杖都給忘了，一個勁兒地要起身迎接她。

洛蒂朝他跑去，要他坐下，自己也坐下，並再三轉達父親對牧師的問候，還親切抱了抱牧師晚年喜獲的么兒，一個又醜又髒的小男孩。你真該看看她，

⑭ 指《聖經・馬太福音》第十八章第三至四節：「我實在告訴你們，你們若不回轉，變成小孩子的式樣，斷不得進天國。所以凡自己謙卑像這小孩子的，他在天國裡就是最大的。」

看她如何與老人家應對——她提高音量好讓重聽的牧師聽個清楚，談到人生為何如此無常讓有些年輕力壯的人突然死去；訴說卡爾斯巴德浴場療效絕佳，還誇牧師來年夏天預定前往度假的這個決定極好；還說他的氣色看起來好多了，比起上次碰面，這回更加容光煥發。

此時我已和牧師娘打過招呼。老牧師精神極佳，我盛讚這兩棵美麗的胡桃樹帶來了舒適涼蔭，他則吃力說起有關這兩棵樹的故事。他說：「老的那棵是誰種的，我們並不知道，有人說是這位或那位牧師；不過，後面比較年輕的那棵和內人同年，今年十月就要滿五十歲了。我岳父是在某天早晨種下它的，我內人約莫就在傍晚時分出生。岳父是這裡的前任牧師，他對這棵樹的喜愛無可言喻，當然，我也不遑多讓——二十七年前，當我還是個窮學生時，第一次走進這個院子裡，當時我內人正好就坐在樹下編織。」

洛蒂問起牧師的女兒。他說，她和史密特先生到草地上看工人去了。老牧師繼續話當年，說前任牧師父女如何漸漸地喜歡上他，以及一開始他如何擔任助理牧師，然後才接任下來……故事剛開始沒多久，牧師千金便和史密特先生穿越花園而來。芙德莉克真誠熱情地歡迎著洛蒂——我得說自己還挺喜歡她的，她是個爽朗健美的棕髮黑眼女孩，來到鄉間，若能和這樣的女子處上一陣子，應該很有意思。她的男友（史密特先生不吝讓我們明白他的身分）是個沉默的斯文人，儘管洛蒂一直開啟話頭，他就是不想加入談話。最令人難過的是，我從他的表情察覺，他之所以無法敞開心胸，不僅僅因為見識短淺，更糟糕的是帶有冥頑不靈的陰鬱性格。後來我們一行人去散步時，他的這些性格暴露得更明顯了，兩個女孩並肩走著，偶爾芙德莉克也和我走在一起，這位先生原本就很難看的臉色登時變得更加陰沉。

洛蒂適時拉拉我的衣袖，提醒我別對芙德莉克太殷勤。而今眼下，再沒有什麼比人際之間相互猜忌更令人惱火的了（尤其在青春正盛的年輕人之間）。不是正值以開闊心胸接納各式各樣歡樂的年紀嗎，卻擺出虛假嘴臉糟蹋這些美好的日子，等到終於看清浪費的青春無可挽回，卻為時已晚；這一點讓我很生氣，卻無能為力。

傍晚時分，我們回到牧師的院子裡，在桌邊喝了牛奶，話題正好轉到這世上的悲愁喜樂，我趁機暗諷了史密特先生一番。我說：「我們人類經常自怨自艾，說好日子少，而壞日子太多；在我看來，這種抱怨毫無道理。如果能時時放開胸懷，享受上帝每一天賜予我們的幸福，那麼當不幸來臨時，自然能有足夠的力量承受。」牧師娘接腔：「可是我們無法掌控自己的心情呀，這和生理層面的關係可大了！身體不舒服時，周遭的一切也跟著不對勁。」我承認她所言不虛，接著說：「可是，我們把壞心情看作是病，而且還問難道沒有藥可醫嗎？」洛蒂應和：「你說的沒錯。我相信至少很多時候一切操之在己，我自己就是如此。每當心煩意亂、悶悶不樂時，我就會逃開一會兒，在花園裡來來回回唱上幾首舞曲，壞心情很快就煙消雲散了。」我回答：「這正是我想說的。壞心情和懶散如出一轍，都是惰性，誰教我們的天性好逸惡勞。然而一旦奮力振作精神，工作就能得心應手，並從中發現真正的快樂。」芙德莉克聽得入神，不過那位年輕的史密特先生卻反駁，人是無法控制自己的，連情感都沒辦法。

我回答：「我們談的是壞心情，每個人都想擺脫這種情緒。沒試過，怎知道自己的力量有多大。生病的人之所以四處求醫，無非是為了獲得健康，再困難的醫囑、再苦的藥全都來者不拒。」我注意到忠厚的老牧師也在認真聆聽，而且想加入討論，於是我提高音量，並將話鋒轉向他：「牧師傳道時總會說很多貶抑罪惡的道理，我卻不曾在佈道會上聽聞譴責惡劣情緒的言論。⑮」老牧師說：「城裡的牧師是該這麼做沒錯。農夫倒不會有什麼惡劣情緒，不過替他們的伴侶、或行政官大人們上個一課倒無妨。」眾人為之粲然，老牧師也開懷地笑著，直到他又咳了起來，談話因此中斷了好一會兒。

史密特先生繼續說：「您將壞心情稱之為罪過，在我看來過分了些。」我回答：「一點也不過分。壞心情傷人又害己，從這一點來看，它就是名符其實的罪過。我們非把彼此弄得不愉快才夠嗎？非得壞了別人的一片快樂好心情不可嗎？您告訴我，有哪個人在心情不好時可以獨自承受，而不會破壞周遭歡樂氣氛？難道壞脾氣不是我們的內心出於自卑或被貶抑，而感到鬱悶或自我嫌惡嗎？愚蠢傲氣所引發的這種自我厭惡感，總和嫉妒脫不了關係——看到別人很快樂，但人家的快樂並非我們所能給予，就是這一點讓人難受。」

看著我口若懸河的激情演出，洛蒂嫣然一笑，芙德莉克則雙眼噙淚，這鼓勵了我繼續往下說：「有些人很可悲，他們占據了別人的心，卻以這股強大破壞力剝奪別人身上那份單純的快樂。善妒暴君的壞心情摧毀了我們的安適與快樂，任憑送上世間所有禮物、所有善意都無可彌補。」

⑮關於譴責惡劣情緒這個主題，拉法特曾有一次精彩佈道，他談到了《聖經》的〈約拿書〉。（本書原注）

拉法特（Johann Caspar Lavater, 1741~1801）：蘇黎世人，啟蒙時期的改革派牧師、哲學家暨作家，曾於一七七三年出版《關於〈約拿書〉的講道》。歌德撰寫本書期間十分看重拉法特的著作，並對他在佈道當時提出的嶄新心理學觀點非常醉心，本書原注，說的正是拉法特「對抗不滿足與惡劣情緒的方法」這則講道。

此刻，我的心漲得滿滿的，某些過往回憶壓抑著靈魂，讓我不禁熱淚盈眶。

我高聲說：「有人天天都在說，要盡可能把歡樂帶給朋友，讓他們幸福，並且把自己的快樂也分享出去——然而，你其實無法真正為朋友做些什麼。當他們的內心被憤慨的激情折磨、被煩惱摧殘，你真能給予他們任何一點安慰嗎？你在青春歲月傷害過的人，現在來到重症末期，身心疲憊地躺在那兒，兩眼無神地望著天空，臨終前的汗水不斷自蒼白額頭落下，你卻像個該死的罪人站在病榻前，感到無能為力，任憑恐懼糾結著你痛苦的內心；你告訴自己，只要能給這個日漸羸弱的病人幾許力量、微渺的勇氣，你願付出一切所有。」

似曾相識的場景浮現在我眼前，過去的回憶如排山倒海朝我襲來，我掏出手帕掩住淚水，然後離席，直到洛蒂向我喊道「我們回去吧」，才回復鎮定。路上，她是如何溫柔地指責我啊，她說我對一切都太投入了，還說這種個性會害了我自己，我應該好好保重自己才是。

噢，我的天使，為了你，我會好好地活著。

## 1771／07／06

洛蒂總是陪在那個病危朋友身邊。她一直是個無所不在的可人兒，只要她目光所及，痛苦就能減緩，歡樂就會散播。

昨天，她帶了兩個妹妹瑪莉安娜與小瑪爾仙去散步，我得知後去找她們。我們一起散步，走了一個半小時，回到城裡的水井旁——這口我所珍視的水井，現在它在我心中的地位更重要了。洛蒂坐到矮牆上，我們站在她面前。我環顧四方，啊，我內心那段孤獨的歲月仍如此鮮明——親愛的水井，我有好一陣子不曾靠在你身邊乘涼。匆匆經過時，也幾次沒正眼瞧你。

往下看，瑪爾仙正忙著端來一杯水，我又凝視著洛蒂——從瑪爾仙端水的動作，我感受到洛蒂身上擁有的一切。瑪莉安娜想拿走瑪爾仙手中的水，瑪爾仙以極為可愛的童音大叫：「不行，要先給洛蒂姐姐喝！」她話中的純真與善良讓我醉心不已，言語難以表達，只好抱起她熱烈地親吻著，她卻開始又哭又叫。洛蒂說：「你這麼做不好。」我慌了手腳。

「來吧，瑪爾仙！」洛蒂一邊牽起她的手走下階梯，一邊說，「你快快用清涼的泉水洗把臉，快喔，然後就沒事了。」我站在原地，看著小瑪爾仙弄濕了小手，認真擦拭著臉頰，真誠相信這神奇的泉水可以洗去一切不潔，臉上就不會長出難看的鬍子來。洛蒂說：「可以囉！」小瑪爾仙卻仍舊繼續，好似多洗有益百無一害。

我告訴你，威廉，參加過那麼多次受洗儀式，從未像此時此刻感受到那麼多敬意。洛蒂走上階梯之際，我恨不得倒在她身前，就像跪在一名替整個國家消解罪過的先知跟前那樣。

這天傍晚，我藏不住滿心喜悅和某人分享了這件事（此人很理智，所以我相信他是個了解人性的人）。孰料我這叫自討沒趣！他說，洛蒂這麼做很不恰當，不該騙小孩，這樣會導致他們日後鑄下大錯並且變得迷信，我們應該避免讓孩子接觸這些。

此時我猛然想到，這人八天前才剛受洗，我才不想把他的話當回事，而在心中依然相信著——我們應該像上帝待我們一樣來對待孩子；祂讓我們在愉悅幻想中踉蹌前行之際，同時也賜予了我們最大的快樂。

1771/07/08

人都會有孩子氣的時候，像個孩子般渴望別人的目光——真是孩子氣啊！我們去了瓦爾海姆，女孩是乘車前往。走在路上時，我想，我在洛蒂黝黑的雙眼裡看到了——請原諒我，我是個傻子，你應該看看她的，看看她的黑眼睛。

我長話短說吧（因為我已睏得快張不開眼皮）——我看到女孩們上車，馬車邊站著年輕的W、塞爾斯達特、奧德蘭和我。女孩們在車上，從車門和這些輕浮佻達的小夥子聊天。我則搜尋著洛蒂的眼睛，啊，她的目光從這個人身上飄到那個人身上，卻獨漏我——看我一眼啊，我孤零零地為了她認命站在那裡，她的目光卻未曾落在我身上。我在心裡向她道了千百次再見，可是她並沒有看我。車子走了，我強忍淚水目送她離去。我看到她的頭飾從車門露了出來，然後她回眸一望——啊，是為了要看我嗎，親愛的。

在這不確定感之中，我感到飄飄然，這令我欣慰——也許她是為了看我一眼才回頭，可能是吧！

晚安，噢，我真是太孩子氣了。

1771／07／10

每次在聚會上只要有人提起洛蒂，我整個人就會變得可笑，你真該看看我這副德性。

現在，甚至有人問我喜不喜歡她？「喜歡」——我恨死這個詞了，一個喜歡洛蒂的人，如果不是全心全意對她投注所有的感情，那會是怎樣的一個人啊！「喜歡」——最近還有人問我喜不喜歡莪相⑯哩！

1771／07／11

M女士的病情很不樂觀，我為她祈禱，因為想替洛蒂分擔哀傷苦痛。我很少在女性友人家裡見到洛蒂，今天她跟我說了一件很奇妙的事——年邁的M先生是個貪婪苛刻的吝嗇鬼，在生活上給了自己太太很多苦頭吃，而且處處限制她，但M女士總是知道該如何克服困難。

前幾天，醫生宣告M女士來日無多，她便把自己丈夫找來（當時洛蒂也在場），告訴他：「我走了之後，有件事可能會變得很混亂並且造成你的困擾。家裡的開支向來是我在掌理，我也盡可能有條不紊地節儉持家，但我得向你坦承，這三十年來，有件事我一直將你蒙在鼓裡，這點你必須原諒我——打從我們一結婚，你就把三餐和其他家用支出訂得極為保守，但當我們的家用開銷變大、家庭成員增加，你卻絲毫沒想過每週得多給我些錢。簡單地說，你儘管知道這些日子裡開銷到達了頂點，卻還是要我每週只能花七塊錢在家用上，而我也默默承受了。每個禮拜的超支，我就靠著變賣東西的收入來補貼，因為沒人

---

⑯ 十八世紀歐洲興起了尋找古老民歌與史詩的氛圍，來自蘇格蘭高地的窮教師詹姆士・麥佛森（James Macpherson, 1736~1796），善用他的寫作天賦與熟諳蓋爾語（Gälisch，當時會說這個語言的人已經不多了）的能力，以居爾特神話的古老傳說為基礎，編造出《莪相集》（Ossian）這部作品，並宣稱是他「搜羅、翻譯」而來。這部被文藝界信以為真的作品，深受學界教授修・布萊爾（Hugh Blair）重視，視其為偉大古老史詩的殘篇。

《莪相集》的主角為「芬恩格爾」，作者則為「莪相」。莪相乃一盲眼（一如荷馬）年邁歌者，他回顧了自己的過去、父親芬恩格爾的事蹟、那英年早逝的愛子奧斯卡，以及其他殞落的悲劇英雄們。赫爾德（Johann Gottfried Herder, 1744~1803）這位啟蒙了歌德的詩人，認為《莪相集》是自己所有理想的體現，歌德亦在他的影響下對此作品產生興趣，並著手翻譯過幾個篇章。

想到女主人會偷錢箱裡的錢。我沒浪費過任何一毛錢，本來也可以不向你承認這件事，就此心安理得撒手人寰。如果不是擔心那個接在我之後掌管家務的人會不知所措，你大概永遠都會認定，你的亡妻只用那麼一點錢就能打點一家人的生活支出！」

我和洛蒂討論著，人心竟然可以盲目到這種難以置信的地步。當開支可能是七塊錢的兩倍，卻只有七塊錢可用，其中必有隱情，而他竟如此不察。不過，我自己倒也認識一些人，還以為家裡從神仙那兒取來了花用不盡的聚寶盆⑰，而且從不覺得奇怪呢！

## 1771／07／13

沒有，我沒有欺騙自己，從她黑漆漆的眼睛裡，我讀到了對我、對我命運的真正關心。是的，我感覺到了，這一點我可以相信自己的心，她——她愛我！（噢，我能不能、可不可以對著天空這麼說呢？）

自從她愛上我之後，我是多麼的驕傲自重，多麼的崇拜我自己——我大概會跟你說，這種感覺，你懂。

是我太狂妄了嗎？或者不過是一種對真實現況的感覺罷了？我並不認識洛蒂心中那個曾教我擔心不已的人，可是——每當提到未婚夫，她所表現出的親熱與愛意，簡直讓我和一個被摘掉一切榮譽與尊嚴、甚至連佩劍都被奪走的人，沒什麼兩樣。

## 1771／07／16

每當我的手不經意碰觸她的纖指，每當我們的腳在桌子底下相碰，我渾身

⑰此處原作「先知永不燒盡的油罐」，典故取自《聖經・列王紀上》第十七章第十四至十六節：「因為耶和華以色列的神如此說，罈內的麵必不減少，瓶裡的油必不短缺，直到耶和華使雨降在地上的日子。婦人就照以利亞的話去行，他和他家中的人並以利亞，吃了許多日子。罈內的麵果不減少，瓶裡的油也不短缺，正如耶和華藉以利亞所說的話。」

血液就會立刻沸騰起來。我會像被火燒似地抽身回來，卻有一股神祕力量再度將我拉了過去，讓我所有感官變得迷亂不已——噢，她的純真、她無拘無束的靈魂，絲毫沒能察覺自己的小小親暱舉止如何折磨著我啊！

說話時，如果她把手放到我的手背上，或討論正事時靠得離我近一點，我的嘴唇完全能感受到她口中的芬芳氣息，我想我簡直被暴風雨淹沒了一樣，漸漸變得無法自拔。威廉，如果當時我膽敢對這天堂般的感受、對這份信任感——不，你是了解我的，我的心還沒被摧毀得這麼厲害，它只是軟弱罷了，太軟弱了，而這，不就是被摧折了嗎？

她在我心中的地位如此神聖，在她面前，所有慾望都會銷聲匿跡。我不知道待在她身邊的時候是怎麼了，靈魂好像在每根神經裡頭被弄得神魂顛倒似的。她有一首曲子，她會以一種天使的力量彈奏出來，旋律很簡單，卻充滿靈性。她很鍾愛這首曲子，只要彈下第一個音符，就能讓我從痛苦、迷惘和憂鬱之中解脫。

人家說音樂有其古老魔力，我覺得一點沒錯。這首旋律簡單的歌曲令我銷魂，而且她經常在我想朝自己頭上開一槍之際，就知道要彈唱這首歌。我靈魂中的混亂和陰鬱由此得以消解，我又可以自由地呼吸了。

1771/07/18

威廉，如果這世界沒有了愛，我們的心該如何是好？如果神燈沒有了光亮，又會怎麼樣呢？小燈都還沒送進來，絢麗圖畫就展現在雪白牆上，想來那不過是短暫的幻影罷了。可是，站在這些美麗幻影前，為神奇景象心醉神迷之際，我們就像個青澀少年，總能感受到快樂。

今天，有個推不掉的應酬讓我無法去找洛蒂，該怎麼辦才好？於是我派了小廝上她那兒，只為了身邊有個今天接近過她的人。我心急如焚地等候著小廝，雀躍不已地看著他回來，如果不覺得丟臉，我大概會抱起他的頭親吻吧！

有個關於義大利波隆納重晶石的傳說是，當你將這種礦石放到陽光底下，它會吸取光線，在入夜後綻放好一會兒的光芒。此刻，我的小廝就有如這種石頭——洛蒂的目光曾停留在他臉上、面頰上、上衣鈕扣上、外套衣領上，就是這種感覺讓他身上的一切變得彌足珍貴。現在，就算有人出一千塊錢，我也不會把他讓出去；有他在我跟前，我覺得暢快無比。

願上帝保佑你，你可別譏笑我啊！威廉，每當我們感到順心如意之際，難道是幻影出現了嗎？

1771／07／19

「我要見她！」一早清醒，滿懷喜悅迎接美麗晨曦之際，我便呼喊，「我要見她！」接下來的一整天，我別無所求。一切、所有的一切，都圍繞著這個盼望打轉。

1771／07／20

你覺得我應該隨公使前往〇〇〇，我卻不認為自己該去，因為我並不喜歡隨從的工作，更何況他還是個令人討厭的人，這一點眾所皆知。

你說，我母親希望我活躍一點，不禁讓我失笑。難道我還不夠忙碌嗎？無論我是忙著數豌豆或扁豆，本質上不都一樣嗎？這世上的一切，終歸不過是雞毛蒜皮的瑣事罷了。

一個人若非出於自身熱情與個人需要，而是為了其他人，汲汲營營於爭名奪利，那麼，他永遠都是個傻子。

1771／07／24

你強烈希望我別荒廢了繪畫，這件事我寧願略過不談，而不是直接告訴你，這陣子我確實很少作畫。

我從來不曾這麼快樂過，對大自然的感受（包括對小石頭、地上的小草）從來不曾如此完整與深入，只是不知該如何表達出來。我的想像力竟如此薄弱，所有的一切都在我靈魂面前游移飄盪，我卻無法掌握它們的輪廓。不過我會幻想，如果手邊有泥土或蠟塊，我大概就能塑造出它們吧！如果這種感覺持續得久一點，我也會把黏土拿過來捏塑，或許揉成一個蛋糕也說不定。

洛蒂的肖像我已經畫了三次，也畫壞了三次，這令我懊惱不已——畢竟不久前，畫畫還是我十分拿手的事啊！之後，我只畫了一張她的剪影，這樣就該滿足了。

1771／07／26

是的，親愛的洛蒂，我會打理好所有事情，你儘管吩咐吧，而且多多益善。我只有一個請求——給我的小紙條上，請別再灑上沙子了！今天我一拿到信，馬上就往嘴邊送，結果沙粒在我齒縫間窸窣作響。

## 1771/07/26

有時候，我會要自己別那麼常去看她，但誰忍受得了呢？每天，我的決心都落空，便鄭重發誓：「明天絕不上她那兒去！」而當明天降臨，我又總會找到一個不可抗的理由——轉眼間，我就在她身邊了。

箇中原因，要不就是她會在晚上時說：「你明天會來吧？」（誰能不去呢？）；要不就是她會託我辦件事，我便有了親自告知後續的理由；要不就是天氣實在太好了，我會散步到瓦爾海姆，而既然都已經來到這裡，去洛蒂家也只要再花半小時而已——我離這個氛圍太近了，剎那間，便來到她身邊。

我祖母曾講過一個有關磁力山的故事，船隻要是離這座山太近，所有鐵器都會立刻被吸走，釘子會朝著山飛去，可憐的水手便只能在木板交相掉落之中，沉沒海底。

1771/07/30

亞柏特回來了，我得走了；如果他是最好、最高貴的人，各方面都在我之上，我還是無法眼睜睜看他坐擁如此完美的可人兒。她是他的人啊——威廉，我夠了，人家的未婚夫回來了。他是個和藹可親的正人君子，教人不得不喜歡他。

幸好他回來時我並不在場，否則一定會心碎。他是這麼的真誠有禮，在我面前從不曾親吻洛蒂一下，願上帝保佑他！他對這個女孩如此敬重，令我不得不喜愛他。他待我很好，我推測是出於洛蒂的緣故，而非他本意。女人對這種事是很敏銳的，而且自有其道理——倘若有辦法讓兩個追求者和睦相處，那麼女人總是受益的一方，不過這種情形倒也不常見就是了。

可是，我不由得敬佩起亞柏特來——他沉著穩重的外表，和我那藏不住的躁動個性形成了強烈對比。他的情感很豐富，也知道自己在洛蒂心中的地位；他似乎不太會發脾氣，而你知道的，壞脾氣是一種罪惡，在人類身上，沒有任何事比壞脾氣更教我深惡痛絕的了。

他覺得我是個感性的人，我對洛蒂的仰慕、對她言行舉止感受到的狂喜，無不更添他心中的優越感，也由此讓他更愛她。我不知道，他偶爾是否會吃些小醋讓她傷心，不過，若換作是我，也難保不受嫉妒這個惡魔影響。

現在，就隨亞柏特去吧，我在洛蒂身旁的歡樂時光已經一去不返了。我該稱此為愚蠢或盲目呢？管它怎麼叫，事實擺在眼前。亞柏特一回來，我立即對所知的一切有了現實感——知道自己無法對洛蒂提出任何請求，即便先前也不曾要求過（意思是，盡可能不對這如此親切的可人兒有所妄想）。現在，另一個人真的來了，而且還把她搶走了，我這傻子卻只能眼睜睜看著事情發生，一點辦法也沒有。

我咬緊牙關，嘲弄自己，並且加倍嘲弄那些可能會勸我死心的人——誰教我一籌莫展，這些愛出餿主意的人站一邊去吧！我在樹林裡四處遊蕩，每當來到洛蒂這裡，在小花園的亭子裡，亞柏特就坐在她身邊，我再也無法往前一步。我舉止變得愚蠢可笑，並開始做出許多荒唐行為。今天，洛蒂跟我說：「看在老天的分上，我求你別再像昨晚那樣胡鬧了。每當你滑稽起來的時候，真令人害怕啊！」

偷偷告訴你，我會覷準亞柏特忙碌的時間，一溜煙地趕緊跑出門去——只要發現她正獨自一人時，我總是雀躍不已。

親愛的威廉，請原諒我，當我忍無可忍地責罵那些「要我們對無可避免命運讓步」的人時，我指的當然不是你，只是我真的沒想到，你也會有類似想法。基本上，你是對的，不過，我最好的朋友，只有一點除外。你說，在這個世界上，「非此即彼」的二分法鮮少行得通，人們的感覺和行為模式如此多變，就像即使在鷹勾鼻和獅子鼻之間，還是存在者許多高塌不一的鼻型那樣。要是我同意你的論點、卻又試圖在「非此即彼」的二分法中穿梭遊走，你可別生我的氣啊！

你寫著：「你如果不是還對洛蒂抱著期望，那就是一點指望也沒有了。好，如果是第一種情況，你就得試著通過考驗，試著完成你的心願；而如果是第二種情況，你就要振作起來，試著擺脫哀怨的情緒，因為這種情緒會耗盡你全部的精力。」我最好的朋友，你講得太好了，然而——談何容易。面對一個不幸的人，一個生命受到慢性病侵襲、逐漸走向死亡的人，你可以要求他捅自己一刀、速速了結痛苦嗎？病魔吞噬了他活力的同時，不也奪走了他自我解脫的勇氣嗎？

儘管你可以找到「與其讓躊躇膽怯威脅著生命，還不如犧牲一隻胳膊？」的類似比喻回答我，我不知道，我想我們別在比喻裡鑽牛角尖了，夠了。是的，威廉，偶爾我會突然興起一股擺脫一切的勇氣，若此時此刻我知道該怎麼做，大概就會照著做了。

1771／08／08（晚間）

已經好一陣子沒碰日記簿了，今天再次將它拿在手裡——令人訝異的是，我竟如此有自覺地一步步越陷越深。

對於自己的處境，我一直很有自知之明，舉止反應卻幼稚至極。現在，我對自身處境依舊了然於心，不過心境卻還未有好轉跡象。

1771/08/10

如果我不是個傻子，就可以過著最美好幸福的生活了。要使人類的心靈感到美好愉悅，條件並不容易齊備，除非置身我的處境——啊，可以確定的是，我們天生有自得其樂的本事。身處於這個美滿家庭，我像個兒子般受到洛蒂父親的疼愛，洛蒂的弟弟妹妹亦敬愛我如父親，而且我還擁有洛蒂的愛；然後還有可敬的亞柏特，他從未假借什麼壞情緒之名掃我的興，反倒像個好友般誠懇待我，我覺得，他是這世上除了洛蒂，最可愛的人了。威廉，當我跟他一起去散步，一起談論洛蒂時，光傾聽彼此便是一大樂事。在這個世界上，沒有比我跟他這種關係更可笑的了，我卻經常為此熱淚盈眶。

他談到洛蒂死去的母親生性正直，談到她臨終前如何將家裡和孩子們託付給洛蒂，還叮囑他要好好照顧洛蒂。從那時候起，洛蒂內心另一股力量甦醒了過來，她擔下操持家務的責任，儼然成了自己弟弟妹妹的母親——她沒有一刻不在關心家人、不在工作，卻從未失去開朗活潑的天性。我走到亞柏特身邊，摘下路邊的花，小心翼翼將這些花紮成花束，然後——拋入眼前流過的河流，看著它隨波而去，悄然漂流。

我忘了是否曾跟你說過，亞柏特已在此地定居，他在這裡謀得了一份工作，宮廷給他的待遇很優渥，而且他也很受宮裡器重。像他這樣在工作上條理分明且勤勉不倦的人，實在很難得。

1771／08／12

亞柏特當然是天底下最好的人，不過，昨天我在他那兒經歷了一件很奇特的事——我心血來潮想騎馬到山上晃晃（此刻，我正在這座山裡寫信給你），去到他那兒跟他說了聲。在他房裡踱來踱去時，看見了他的手槍，我問：「可以借我手槍嗎？我要騎馬出去逛逛。」他答：「可以的，只要你願意自己花點功夫給它填上子彈。在我這裡，這些手槍都只是擺飾用的。」我拿了一把下來，他接著說：「自從上次再怎麼謹慎還是出了差池後，我就不碰這些玩意兒了。」我非常好奇，想知道這個差錯的來龍去脈。

他娓娓道來：「大約幾個月前，我住在鄉下一個朋友家裡，身邊帶著幾把沒裝子彈的手槍，但仍然睡得很安穩。某個下雨的午後，我無所事事地坐著，不知怎麼搞的，突然覺得很有可能被襲擊，需要用到手槍，而且可能——你知道的，事情就是這樣。所以我就把手槍交給僕人擦拭，並請他順手裝上子彈，這個僕人卻拿著手槍和女僕鬧著玩，想嚇唬她們。接著，老天爺才知道事情怎麼發生的——手槍走火了，由於通條還在槍裡，子彈射過一名女僕的右手大拇指，還把指頭打穿了。這下可好，我不僅得承受沒完沒了的抱怨，還得償付醫療費。自那之後，我所有的槍都不再裝填子彈。親愛的朋友，戒慎恐懼又怎麼樣呢，危險是無所不在的，儘管……」

現在你知道我有多敬愛這個人了吧，直到他說出了「儘管」——難道，每個常理都要有例外嗎？這很難理解，可是這人又是如此理直氣壯。每當他覺得自己說了些過於草率籠統、半真不假的話時，就會開始縮小範圍，修飾、改正與補充，直到最後全然離了題。這次他講得非常深入，我終於沒法再聽下去了，便開始胡思亂想，還突發奇想把槍口抵在自己右眼上方額頭處。

「喂！」亞柏特一邊說，一邊從我手上奪下槍，「你在做什麼？」我答：「槍裡又沒有子彈！」他不耐煩地說：「就算沒有，那又怎麼樣？我無法想像怎麼會有人傻到要飲彈自盡，而且光是這麼想就讓我反感了。」我大聲地說：「你們這些人談論事情時，立刻就說：『這很愚蠢，這很聰明；這很好，這很糟！』而所有的一切又該怎麼說呢？你們會因此去探究行為的內在關聯嗎？事情發生的原因為何，又為何會發生，你們真的知道怎麼解釋這些原因嗎？要是真能這麼做，你們也就不會那樣妄下斷語了。」

亞柏特說：「你得承認，某些行為本身就是自甘墮落。這些行為之所以發生，就是出於自甘墮落的動機。」我聳聳肩，算表示同意他的話，接著又說：「可是，我親愛的朋友，這當中還是有一些特例。像是，偷竊確實不道德，但一個為了從餓死邊緣拯救自己與同伴而搶劫的人，他該獲得的是同情或懲罰？一個丈夫出於理所當然的盛怒，殺了不貞的妻子和那卑鄙的姦夫，誰會去當第一個拿起石頭丟他的人⑱？或是石頭會丟向那個，迷失在幸福滿溢時刻、享受著無盡歡愛喜悅的少女？即便是我們的法律，那些冷血的老學究此時也會起惻隱之心，撤銷對這些人的懲罰。」

⑱《聖經・約翰福音》第八章第七節：「耶穌就直起腰來，對他們說，你們中間誰是沒有罪的，誰就可以先拿石頭打他。」

亞柏特說：「這完全是另外一回事。太過執著會失去一切思考能力，而且會被當成醉漢或瘋子。」我大笑地說：「啊，你們這些人都太理智了！執著、酒醉、瘋狂，你們表現得還真鎮定，活像個旁觀者。你們這些責罵醉漢、憎惡狂人的道貌岸然傢伙，簡直像直接從路旁走過去的祭司⑲，還和法利賽人一樣感謝上帝，沒把你們也變成醉漢或狂人⑳。我不只醉過一次，而且執著與瘋狂的程度相當；但我並不懊惱自己的酒醉與瘋狂，反倒盡可能學會理解那些被人大聲斥責為醉漢和瘋子的人，他們正是會成就某些偉大不凡事業、非比尋常的那類人。就連在日常生活中，如果某人的行事作風較為灑脫不羈、曲高和寡或出人意表，便會聽到有人在背後說：『那個人喝醉了，他瘋了吧！』這真令人難受。你們這些理智的人真該感到羞恥，你們這些智者真可恥！」

亞柏特說：「你又在胡思亂想了，你對一切事情的看法都太極端了。至少在這裡你就犯了一個明顯的錯誤，你居然把我們正在談論的『自殺』，拿來和豐功偉業相提並論。再沒有比自殺更懦弱的行為了，比起堅毅地承受充滿痛苦的人生，死亡肯定來得輕鬆許多。」

我不想再談下去了，因為說出肺腑之言後，得到的回應卻是無關痛癢的泛泛之談，這樣的討論真令我不快。不過，我仍克制住自己，畢竟這類言論我時有所聞，而且越來越常教人生氣，所以我很明快地回答：「你說這是懦弱？拜託，請別被表象迷惑。一群人在暴君的統治下嘆息呻吟，當他們終於起身反抗並掙脫枷鎖，你能稱之為懦弱嗎？一個家中失火的人受驚之餘，突然激發出一股力量，輕易舉起平常幾乎搬不動的重物；一個受到屈辱的人在盛怒之下同時對付六個人，而且一一擊垮他們，你也說這是懦弱嗎？而且，我的好朋友，如果盡力就是堅強，那為什麼極端就是懦弱呢？」

亞柏特看著我，說：「你別見怪！你所舉的例子，似乎和我們的話題毫不相干呢！」我說：「或許是吧！常有人責備我，說我思考上的聯想近乎天馬行空，那就讓我們看看，是不是可以用另一種方式來想像——當一個人下定決心擺脫生命中甜蜜的負荷時，他此時的心境該是如何？唯有如此，我們才能感同身受，才有討論同一件事的資格。」

我繼續說道：「人類的天性，有其限制。可以承受某種程度的喜悅、折磨和痛苦，一旦超過限度，就會萬劫不復。這不是懦弱或堅強的問題，而是能夠

⑲《聖經．路加福音》第十章第三十一節：「偶爾有一個祭司從這條路下來，看見他就從那邊過去了。」

⑳《聖經．路加福音》第十八章第十一節：「法利賽人站著，自言自語的禱告說：『神啊，我感謝你，我不像別人勒索、不義、姦淫，也不像這個稅吏。』」

忍受折磨到什麼程度，這麼一來，顯然成了道德或肉身方面的問題。如果把一個死於惡性熱病的人當作懦夫不太恰當，那麼說自殺的人是膽小鬼也同樣不妥。」亞柏特大聲地說：「謬論！這太荒謬了！」

我則回答：「沒你想得那麼荒謬。一種對人體有害的疾病，一方面會耗盡人的氣力，另一方面，病情既不會好轉，也沒有什麼幸運的轉機能再次讓生命恢復正常運作，你得承認，我們稱此為致命的疾病㉑。現在，親愛的朋友，讓我們從精神觀點來探討這個問題。你看出了人類受到的限制，看到了既定印象如何對他產生作用——想法被禁錮在他體內，直到一股滋長的熱情終於奪走他冷靜思考一切的能力，引導他走向了毀滅。就算有個沉著理性的人看出了這個不幸狀況同樣枉然，就算加以相勸也同樣白費功夫。這就好比，一個健康的人站在病人床前，卻無法灌輸一些活力給病患一樣。」

亞柏特覺得這個說法太籠統了，我便提起前陣子有個女孩被發現溺死在水裡的事：「那是個年輕善良的女孩，一直生活在家務、例行工作的狹小圈子裡——完成一件件清掃工作後，週日便和同伴一起到鎮上走走，也許在盛大節慶時跳個舞，或和鄰居一聊幾個小時，熱烈討論著某次的口角；生活中的娛樂消遣，除此之外別無所求。此時，她熱情的天性終於感受到內心的渴望，並在男士們的殷勤討好下變得更加強烈，對她而言，過往從消遣得到的樂趣已經越來越乏味。終於，好不容易遇到一名令她深深悸動的男子，她寄託了全副希望在他身上，她忘了周遭的世界，什麼都聽不到、看不到，也感覺不到，世界只剩下他，就是這個人，這個令她渴望的人。

「空虛情愛底下，性情丕變且虛榮的她，有個目標，她要成為他的人，要在天長地久的結合中找到自己欠缺的所有幸福，享受她所渴望的一切歡愉。不斷縈繞在耳際的山盟海誓擔保著全然的希望，大膽的愛撫加深了她的慾望，完全掌控她的靈魂；在昏沉的意識中，她覺得飄飄然，也預感著幸福的到來。她緊張到了極點，伸出雙臂，想一把抓住所有的願望，情人卻棄她而去。然後，便毫無知覺地呆立在深淵邊緣，黑暗籠罩著她，沒有未來，沒有安慰，也沒有希望。他拋棄了她，她只能孤零零感受自己的存在，看不見眼前寬廣的世界，看不見有許多彌補失去的可能，她只感覺得到自己的孤獨。所有的一切都離她遠去，內心無比的困境將她逼上絕路，她只好盲目地向下縱身一躍，讓死亡的懷抱消抹所有的痛苦。

---

㉑《聖經・約翰福音》第十一章第四節：「耶穌聽見了就說，這並不至於死——」

「看吧，亞柏特，有些人的故事就是這樣！你說，這不是和生病的情況一樣嗎？一旦天性無法從迷惘與矛盾的迷宮中找到出口，就只有死路一條。那些袖手旁觀的人會說：『傻丫頭，難道就不能等一等，讓時間發揮作用嗎？絕望終究會被擺到一邊，找到另一個可以安慰她的男人。』說這話的人真糟糕，這就好比有人說：『死於熱病的人還真蠢，難道不能等到體力恢復、血液狀況改善嗎？只要體內的紊亂平息，一切都會好轉，就可以活到今天了。』」

亞柏特依然沒聽懂這個比喻，還提出了幾項異議，然而我說的是個再單純不過的女孩。亞柏特沒聽明白，如果自殺的，是個生活圈沒那麼狹小、能夠參透事物的理性之人，那麼他的自殺也許是可以被赦免和理解的。我大呼：「我的朋友，人終究還是人啊！一旦來到澎湃激昂、逼近人性臨界點的時刻，人所擁有的些許理智只顯得微不足道，或根本起不了一絲作用；再者……下次再說吧……」我一邊說，一邊抓起了帽子走人。

噢，我心滿懷惆悵，我們各說各話，彼此毫無交集。在這個世界上，人真的很難互相理解啊！

1771／08／15

人類在這世上最必要的東西莫過於愛，這可是千真萬確的啊！我從洛蒂身上感覺到她並不想失去我，她的弟弟妹妹也總是期盼我隔天還會去。

今天，我出門替洛蒂的鋼琴調音，可是這件事沒能辦好，因為孩子們纏著我說故事給他們聽，就連洛蒂都說我該順著他們。晚餐時，我為他們切麵包，現在他們喜歡吃我切的麵包，就如同洛蒂切的一樣。飯後我講了一個公主的故事，有個被服侍得很好的公主——我向你保證，我從說故事當中收獲許多；我很訝異這故事帶給他們的印象，說故事不免會編造一些情節，但講第二次時自己卻早已忘記，他們馬上說上一次並不是這樣講的！於是，我現在正在練習固定地吟詠音節，好能循序唸出故事給他們聽。

從這件事我體會到，一個作家若將故事情節做了二次改動，尤其又改得特別的詩意，這必然有損於他的小說。第一印象就是我們的直覺，而人的天性總會被最冒險光怪的事蹟說服，這些事蹟將深植我們的記憶之中，如果有人想消除或抹滅這些記憶，那他可要遭殃了。

1771/08/18

使人快樂的事物如今卻成了痛苦的根源，這難道是一種必然現象嗎？生氣蓬勃的大自然裡，一股暖意溢滿我胸懷，大自然曾帶給我如置身天堂的無比喜悅，現在卻像個從四面八方追捕我、一個令人難以忍受的施虐者，一個折磨人的魔鬼。

我也曾經從崖上越過河流，來到遠方丘頂眺望這片蓊鬱山谷，看見盎然的生機與淙淙湧泉，看見那座全為茂林覆蓋的山，看見美麗林蔭掩映下的蜿蜒河谷，還有潺潺河水流過窸窣作響的蘆葦叢，而河面倒映著徐徐晚風拂過的可愛雲朵。我聽見樹林裡活力滿點的啁啾鳥鳴，無以數計的蚊群在紅色餘霞中翩然起舞，落日的最後閃光讓嗡嗡亂叫的甲蟲自草叢奔騰而出；也是蟲鳴與蠕動使我注意到，地面青苔一直從堅硬崖壁汲取養分，崖下貧瘠沙丘冒出了茂盛生長的灌木叢，無一不在向我揭示大自然蘊藏著神聖熾熱的生命力，要我將這一切收進溫暖的胸臆，像個幸運兒般感受豐盈滿溢的一切。世界無盡藏中，各色歡愉的生物無不在我靈魂裡朝氣十足地躍動著。

巍峨群山環繞著我，懸崖就在我面前，瀑布傾瀉而下，河水自我下方流過，樹林和群山傳來陣陣回響；我看見它們在大地深處相濡以沫，好一股無以名狀的偉岸力量！此刻，天地間住滿了形形色色的生物，到處都是千姿百態的生命，人們只能擠在小屋子裡求安全，在小巢中憑一己之見掌控外面世界。可憐的傻瓜，只因你在井中窺天，便小看了一切，造物者的精神，可是從高不可攀的群山飄過杳無人跡的荒僻之地，直達未知海洋的盡頭，教每個順從祂的渺小生物都感到喜悅！啊，那個時候，看著從頭上飛過的大鶴，我常渴望擁有一雙牠們的翅膀，帶我飛向深不可測的大海彼岸，從飲之不盡的泡沫杯中啜飲蓬勃的生命之喜，以我渺小有限的胸懷感受生命極樂境界的一瞬。

兄弟啊，只有回想起那些時刻，我才會感到快樂。要喚起那種無可言喻的感覺，得費點勁兒；光是再現出這股勁兒，就讓我精神為之一振，也讓我對自己此刻的心境備感擔憂。

我的靈魂前面彷彿有張帷幕被抽走，永不止息的生命舞臺在我面前成了永遠敞開的墳坑。你可以說「這就是了」，因為一切都會消逝？因為一切會在轉瞬間席捲而去，鮮少有人能以火力全開的生命力道支撐至最後；啊，在萬古洪流中被帶走、沉沒，然後於崖岸上粉身碎骨？沒有一個瞬間不在削弱你、包圍你，沒有一個瞬間你不是個破壞者，你不得不成為破壞者，一趟無傷大雅的散步導致幾千幾百隻可憐小蟲死去，只要一個腳步就會摧毀螞蟻辛苦建立的窩穴，將一個小生態圈化作殘塚。

哼，撼動我的絕非世上重大罕見的危機、橫掃村莊的洪水，或吞噬城鎮的地震，而是一股悄然存於自然萬物的力量，這股逐漸耗損的力量深埋我心——它並不成就任何事物、並未摧毀身邊的一切，也沒有消滅自己。我只是憂心忡忡地蹣跚走著，走在蒼穹后土間，自然之力包圍著我，我什麼都看不到，除了一頭不斷在吞蝕、一直在反芻的怪獸。

1771／08／21

清晨，從沉重的夢境漸漸清醒，我朝她伸出雙臂，卻撲了空；夜晚，沉醉在快樂純真的美夢中，我彷彿和她並肩坐在草地，握著她的手，並覆上了無數的吻，可是，在我的床邊，卻找不到她。

啊，半夢半醒之間尋覓著她，此時卻突然驚醒——眼淚從我那壓抑的心潸然迸落，我只能無助地對著茫然未來哭泣。

## 1771／08／22

威廉，我的活力變成了令人不安的閒散，這可不妙！我閒不下來，但也只能無所事事。我失去了想像力，對大自然不再有任何感受，書籍也令我反感。一旦感到自身若有所失，我們也就一無所有了。我向你發誓，有時我多麼希望自己只是一個雇工，如此，早晨醒來，我會對新的一天有所展望，有股強烈渴求，有了希望。

我很羨慕亞柏特。我時常看到他埋首在幾乎要比人高的檔案堆中，便開始想像如果能在他這個職位上工作，一定很快樂吧！有好幾次我心急了起來，想寫信給你和那位部長，好謀得公使身邊那份職缺——你曾向我保證，公使絕不會拒絕我，而我自己也有這個信心。部長向來賞識我，他也時時敦促我該找個全力以赴的事業做，我自己偶爾也會閃過這樣的念頭。

然後當我再次深思，突然想起那個關於馬兒的寓言，一匹厭倦自由的馬讓人裝上了馬鞍和騎具，直到被人騎垮為止——我不知該如何是好。

親愛的，我內心之所以渴望改變現狀，不正是內在那股令人不安、如影隨形的焦躁感使然嗎？

## 1771/08/28

要是我的病有救，那麼人們一定會治好我，這點無庸置疑。

今天是我的生日[22]，一大早就收到亞柏特的包裹。拆禮物時，有個淺紅色蝴蝶結映入我眼簾，那是洛蒂的飾品，剛認識她時，曾跟她要過好幾次而不可得；此外，還有兩本十二開的小書，是偉特斯坦印刷廠印製的荷馬，這個版本我渴望許久，如此一來，散步時就不需要拖著厚重的耐斯提版本了。

看吧，他們看出了我的願望，他們找出了友誼中微妙的情義，這比精挑細選貴重禮物強上許多，而且能消弭送禮者的虛榮心。我不斷親吻著蝴蝶結，那些一去不返的短暫快樂時光歷歷在目，我的每個氣息都在吸吮這些美麗回憶。

威廉，就這樣，我不再抱怨了，生命的花朵只是表象。許多花兒綻放後也從未留下半點痕跡，只有少之又少的花朵才能結成果實，而能茁壯成熟的果實又更稀少。可是，只要有這些就夠了，而——噢，我的兄弟啊，難道我們可以忽略成熟的果實、漠視它們，可以不去享用它們而任其腐爛嗎？

保重！美好的夏日裡，我常坐在洛蒂家果園的樹上，拿著一把長柄刀，從樹梢摘下梨子，而她就站在樹下，接過我摘採的梨子。

1771／08／30

不幸的人啊，你不就是個傻子嗎，你不就是在欺騙自己嗎？這股澎湃不絕

㉒八月二十八日這一天，也是本書作者歌德的生日。

的熱情是怎麼回事？除了向她禱告，我再無法做任何禱告；除了她的身影，我的想像力再無法想像出任何形體——我的世界只看得到與她有關的一切，這著實能讓我開心好一陣，直到又得與她分別。

啊，威廉，我的心為何經常苦苦相逼。每當在她身邊坐上兩、三個小時，欣賞她的姿態舉止、優雅談吐，感官卻開始逐漸變得緊繃，眼前一片陰沉幽暗，幾乎就要聽不見聲音，彷彿有個刺客掐住我咽喉，而我心狂跳只是為了讓深受壓迫的感官喘口氣，卻又陷入了更大的迷惘——

威廉，我常常不知道自己是否還活存在世界上。憂鬱傾向不時位居上風，要不是洛蒂悲憫安慰我，讓我在她手裡盡情哭泣、紓解壓力，不然我就得走了，得離去，然後在遙遠的山野四處遊蕩。

攀爬群山峻嶺是我的樂趣所在，在難行的林間披荊斬棘出一條小徑，穿過那道劃傷我的矮樹籬，越過那片撕裂我的荊棘叢，才能讓我覺得好些，只是好些！有時，疲憊與口渴使我在途中躺臥下來休息；有時，在滿月高懸的夜裡，身處孤寂的林中，我坐到一棵長得歪斜的樹上，讓受傷的足踝稍解疼痛……然後當曙光漸明，我便在疲累中沉沉睡去。

噢，威廉，寂寥的小室、粗羊毛織成的長袍，以及帶刺的腰帶㉓，都將令人耳目一新，這全是我心靈渴望的事物。再會，我看不出這些痛苦將止於何處，除了墳墓。

1771／09／03

我得走了！我要謝謝你，威廉，感謝你堅定了我舉棋不定的心。這兩個星期以來，「離開她」的想法一直盤旋在我腦海，我要走了！她又進城去找一位朋友了，而亞柏特……還有……我得走了！

㉓《聖經・馬太福音》第三章第四節：「這約翰身穿駱駝毛的衣服，腰束皮帶——」

1771/09/10

就是這一夜，威廉，我克服了所有的一切，我再也見不到她了。噢，我恨不得飛奔去找你，不顧涕泗縱橫，對你訴說我奔湧不已的心潮。但我坐在這兒，深吸一口氣，試圖保持平靜，等待天亮——日出時分，馬匹便將備好。

啊，此刻她睡得正安穩，想不到再也見不著我了——我要離開了。昨夜長達兩個小時的交談，我並未透露已訂的計畫，我得夠堅強才行。我的天，那是怎樣的一場交談啊——

亞柏特答應我，晚餐過後會立刻和洛蒂來到花園。我站在露臺一棵高大的栗子樹下，最後一次看太陽自可愛山谷和淙淙溪流落下，之前也常和她一塊兒在這兒欣賞同樣美景……而此刻，我來到心愛的林蔭道上躊躇徘徊著。結識洛蒂之前，這裡便有股引人駐足的神祕力量；我們認識後沒多久，更驚訝發現彼此都極愛這方小天地，這座花園確實是我見過人工斧鑿數一數二的浪漫地點。

從露臺這邊的栗子樹望去，你會先看到遠方的景色（啊，我想起已經跟你說過很多關於這裡的事）——先是參天而立的櫸樹林將人包圍其中，環繞大樹生長的灌木叢則讓林蔭道更顯幽暗，直到這個小天地終於與世隔絕，縈繞著令人望而畏之的氣息——即使在正午時分踏進這裡，依舊能感受到那種神祕氣氛，亦隱約察覺這裡會是個悲喜交織的所在。

沉浸在痛苦又甜蜜的離愁中，約莫半個小時後，我聽見她走上露臺的聲音。我朝她奔去，顫抖地握住她的手，親吻著。步上露臺，月亮正好自灌木叢生的山丘升起。一直在交談的我們，不知不覺走到了這處幽暗小天地附近。洛蒂走了進去並坐下來，亞柏特和我也坐在她身旁。心神不寧的我卻無法安坐，我站起身，在他們面前來回踱步，然後又坐下，這就是焦躁的表現啊！洛蒂要我們看看那美麗的月光，只見月色在櫸木隧道盡頭照耀著前方露臺，多麼教人驚嘆的景色啊，而我們正被籠罩在朦朧月光深處。

三人默然，過了好一會兒，洛蒂才說：「每當走在月光下，我總會想起已故的親人，總是感覺到死亡與未來，而且沒有一次例外——我們，都會死去啊！」她的聲音是那麼優美，又繼續說道，「可是，維特，我們會再相遇嗎？會再認得彼此嗎？你怎麼想，怎麼說呢？」

「洛蒂，」我一邊說，一邊把手伸向她（此時的我早已熱淚盈眶），「我們會再相遇的。不管在何處，我們都會再相遇。」我無法再說下去了——威廉，此刻的我正懷著不安離愁，她非得這麼問嗎？

她接著又說：「而那些已逝的親人，是否能感知我們？是否感覺得到，我們過得很好？是否感覺得到，我們一直以暖暖愛意懷念著他們？噢，母親的身影總在我身邊浮現，就在她的孩子之間，也就是我弟弟妹妹之間——當他們圍坐在我身邊，也彷彿圍坐在她身邊。我時常流著淚，渴望地看向天空，多麼希望她能往下看我一眼，看我如何遵守對她的承諾做一個善盡母職的長姐。我激動地喊：『親愛的媽媽，如果我沒辦法做得像你那麼好，請原諒我。啊，我已盡了一切所能不讓他們著涼、挨餓。啊，我也給了他們全副關心與愛護。親愛的媽媽，你看到了嗎，看我們相處得多麼融洽。你曾流下最後一滴痛苦的眼淚，祈求上帝保佑你的孩子，或許此刻你也會以最熱忱的謝意來讚頌祂！』」

洛蒂說了這樣一番話。噢，威廉，有誰能夠重現她的話？這些冰冷死板的文字如何能展現她超凡細緻的心靈。

亞柏特溫柔地打斷了她：「親愛的洛蒂，你太激動了，我知道你無時不刻都記掛著這些事，可是我請求你——」她說：「噢，亞柏特，我從沒忘記那些夜晚……爸爸出了門，我們哄睡了孩子們，然後一起圍坐在那張小圓桌旁；你經常帶著一本好書，卻鮮少有時間讀，只因為——與媽媽美好的靈魂交流，超越了一切啊，那個美麗開朗、總是忙個不停的媽媽啊！上帝看見我經常在祈禱時流淚嗎，祂應該讓我變得和媽媽一樣能幹啊！」

「洛蒂！」我喊出聲來衝到她面前，握住她的手，眼眶濡濕地說：「洛蒂！來自上帝的祝福與你母親在天之靈，都會庇佑你的。」她握緊我的手，說：「如果你能認識她就好了，她是個值得你認識的女性。」我以為我會暈過去，因為從來沒人說過比這更偉大、更讓我引以為傲的話。

她繼續說：「我們的媽媽在正值盛年時離開人世，當時我最小的弟弟還不滿六個月大。幸好她的病痛並未拖延太久，她離開得很安詳平靜，唯一牽掛的是孩子們，尤其是最小那一個。臨終前，她對我說：『把他們都帶到這裡來吧！』於是我將他們領了進去，幾個小的什麼都不懂，幾個大的都嚇傻了，他們全都圍在床邊。媽媽舉起雙手為他們祈禱，一一親吻他們，然後將他們遣走，對我說：『你要當他們的媽媽！』我把手伸給她，她又說：『我的女兒，你身負重任。答應我，你會像媽媽一樣關心、看顧他們。我經常從你感激的淚水，看出你明白自己責任重大，知道要以母親的責任來照顧弟弟妹妹，並以女人的忠實柔順照顧你爸爸，你要好好安慰他。』母親問起了爸爸。為了不讓我們看見他的悲痛，爸爸先避了出去——當時，他已經崩潰了。亞柏特，那時你也在房裡。母親聽見有人走過去的聲響，問那是誰，然後要你到她跟前。她欣慰平靜地看著我倆，因為我們將會幸福快樂地在一起——」

亞柏特抱住洛蒂，親吻著她：「我們的確是這樣啊，我們會幸福快樂地在一起。」一向穩重的他此刻也難自持，我則更加失去了理智。洛蒂又說：「天啊，維特，我媽媽終究還是走了！有時我會想，目睹自己摯親被人抬出去，沒有人比孩子受到的衝擊更大，即使過了很久，還是會抱怨黑衣人怎麼把媽媽抬走了！」

她站起身，我則回過了神，只是仍全身顫抖地坐在原地，緊握她的手。她說：「夜深了，我們該走了！」她想把手抽回，我卻握得更緊。我大聲說：「我們會再見面的，我們會再找到彼此的，無論我們變成什麼模樣，我們都會認得彼此。我要走了，我心甘情願地走了，可是，如果要我說那是『永遠』，我會受不了的。珍重再見，洛蒂！珍重再見，亞柏特！我們會再相見的！」她以玩笑的口吻回答：「我想，明天就會再見的！」

我想，明天就會再見的！啊，當她把手抽回時，她還不知情……他倆步出了林蔭道，我站在原地，目送月光下的他們離去，然後倒臥在地痛哭不已。接著又跳了起來，跑到露臺前，看見高聳的菩提樹下，她白色的衣裳在花園大門後方閃閃發光，我伸出雙臂，她已然消失無蹤。

# 卷二

對於宗教，我心懷虔敬，我覺得對某些精疲力盡或飽受煎熬的人來說，宗教是一種支柱與慰藉，只是—難道，它在每個人身上都適用嗎？

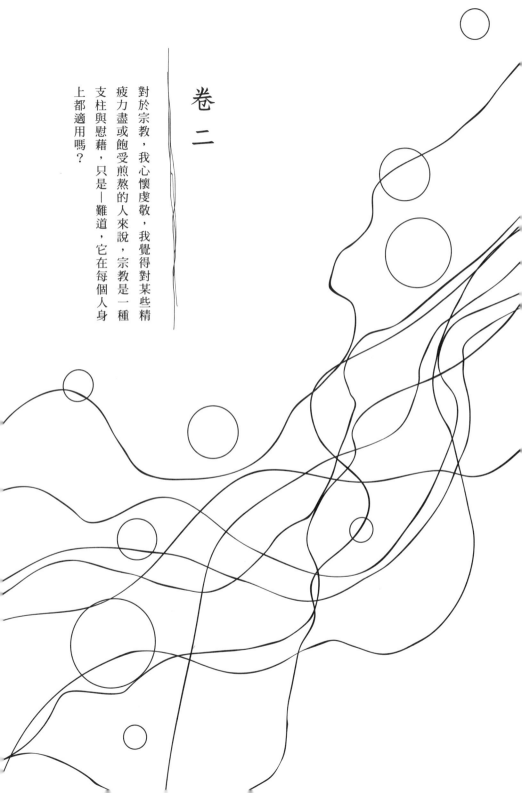

1771／10／20

昨天我們抵達了這裡，公使身體微恙，必須在家休養幾天。他若能待我友善些，一切就太美好了。我發現命運給了我嚴峻的考驗，可我倒充滿信心，看開一點，就能承受一切。看開一點？這話怎麼會在我筆下出現，我不禁笑了出來。噢，稍微看開一點，就能讓我成為太陽底下最快樂的人啊！什麼，繡花枕頭也敢在我面前驕矜自誇，讓我對自己的能力與天賦產生動搖？仁慈的上帝，祢為什麼不收回所賜與我的一半，然後再給予我自信與滿足呢？

要有耐心，要有耐心，事情會好轉的——親愛的，我要跟你說，你是對的。打從我終日周旋於眾人之間，看到他們為生活這樣那樣奔忙，我就覺得自己好多了。是啊，我們向來喜歡拿自己跟一切事情比，拿一切事情跟自己比，不分主客體的愛比，然而幸與不幸從來只存於我們的心間，這便是為什麼我們需要和所有事情有所聯繫，孤獨，反而成了最危險的事。

我們的想像力因天性使然而豐富，因詩所帶來的美好意象而滋養，並以自己為基礎，往上攀築起許多生命，最終不得不讓底下的自己變得卑微；而且除了自己，其他生命形態都顯得美好而完整——沒辦法，我們就是自然而然會這麼想。我們經常不知足，正是這樣的缺陷讓我們覺得別人似乎什麼都有，而我們沒有；並且覺得「我們有的，別人也有」，如此這般將自己的優點特質理所當然安到別人身上——是了，我們憑著想像力，一手創造出一個無比快樂的人兒。

相反地，倘若我們只是帶著身上的所有弱點與困境一逕勇往直前，很容易就能發現，比起那些依靠帆與舵航行的人，我們這種閒步慢行避開困難的走法，反倒可以走得更遠；而一旦和別人並駕齊驅、甚至超越時，這種感受會更加真實。

1771/11/26

我開始適應此地的生活了，最好的一點就是——永遠都不缺事情做；還有這裡的人們，形形色色的新面孔在我心中上演了精彩的戲碼。

我還認識了C伯爵，並且對這個男人的尊敬與日俱增，他學識淵博、胸襟開闊，一點也不高傲冷漠。他因見多識廣，很快便重視起我以及我倆的友誼——出公差到他那兒時，還沒談上幾句，我們便覺得彼此很投契，他發現，能和我談些跟一般人不太一樣的話題；總之，他的坦率與誠摯，再怎麼讚美也不過分。這世上並不存在真正令人感到溫暖的喜悅，除非你有副心胸敞闊的偉大靈魂。

1771／12／24

公使找了我許多麻煩，這是我早就預料到的。他可能是天底下最一板一眼的傻子了，事事按部就班，像婆婆媽媽那樣瑣碎拘泥，是個永遠對自己不滿意、也從來不會對人心懷感激的人。

我喜歡俐落明快地把工作做完，事情原本該怎麼樣，就怎麼樣，他卻總有辦法退我的文稿，說：「寫得很好，不過你再仔細讀一遍，應該可以找到更好的用字遣詞。」他快把我逼瘋了。每一個「而且」、每一個連接詞都不能省略，尤其是我意到筆隨的倒裝句，更被他視為死敵；要是段落長句沒有依照規定的格式寫，他可就一個字也看不懂了——和這種人共事真是一種折磨啊！

我唯一的慰藉就是C伯爵對我的信任，最近他才明白地跟我說，他對我上司的溫吞多慮有多麼不滿。他說：「這些人不僅自找麻煩，也造成別人的困擾。不過，在這種處境底下就要認命，要像個翻山越嶺的旅人那樣——如果山不存在，旅途當然輕鬆很多，行程也會縮短許多，可是山既然屹立眼前，就得翻越過去。」

我上司大概也察覺到伯爵對我多所厚愛，這點令他十分不快，因此只要一逮到機會便向我數落伯爵的不是，而我則理所當然地反駁他，可是這麼一來事態就更嚴重了。昨天他甚至對我發火，他認為我也是個一丘之貉；他覺得伯爵固然世故老練，做事有效率，文筆又好，卻缺乏真才實學，充其量只能算是個文藝愛好者。這時他做了一個表情，彷彿想說——「這次可戳到你的痛處了吧？」

但這番話對我起不了什麼作用，我看不起有這種想法和行為的人。我耐著性子聽他說完，毫不客氣地反擊，說伯爵受人敬重，不僅是因為他的人格，還有他的學識。我甚至還說：「在我認識的人之中，沒有人像他心胸這麼寬大，能包容萬事萬物，即使與平民百姓相處也不改其志。」但這個死腦筋並沒聽懂我的話，為了不再被這些沒意義的話激怒，我便告辭了。

而這一切都要歸咎於你們，都是你們的話語將我推進了這個枷鎖，是你們一直勸我要有所作為。「作為」——那些搬運馬鈴薯和騎馬進城賣穀物的人，都比我更有作為呢！如果不是，我願意讓自己被鎖在奴隸船上，夜以繼日地做十年苦工。

面目可憎的人在這裡四處可見，他們金玉其外，內裡卻愁苦、不幸且寂寥，只在乎爭權奪勢、積極巴結這種事，心計可悲可恥到了極點，而且還大剌剌地毫不稍掩。有個逢人便誇耀自己家世和財產的女人，只讓我覺得：「蠢女人，你有必要把自己那點家世和微薄家產，講得這麼天花亂墜嗎？」果然更令人生氣的是，這女人不過是附近一個書記官的女兒。看吧，我實在不懂這些人，他們怎麼會傻到要作賤自己！

親愛的，我日漸明白拿別人和自己相比有多愚蠢，畢竟我身上已經夠多事要忙了。我心著實煩躁——啊，如果別人願意讓我過我的獨木橋，我也樂意讓他們走他們的陽關道。

而最常作弄我的，要數那要命的社會情況了。儘管我和所有人一樣清楚階級差異的必要，也知道這樣的差異給了我多少好處；只是，當我享受著人世間稍縱即逝的小小幸福喜悅時，可不希望階級差異來妨礙我。

最近，我在散步途中認識了B小姐，她是個在這種枯燥呆板生活中、仍保有許多自然本質的可人兒。我們聊起天來，道別時，我請求她允許我前去拜訪，她也很爽快地答應，我則迫不及待要去見她。

她並非本地人，而是寄住在一個阿姨家裡（不過，我不喜歡這位老太太的長相），我對這女孩頗感興趣，因此常把話題轉到她身上，不到半小時我便對她瞭若指掌了。

後來她也對我坦言不諱，她親愛的阿姨既沒有可觀的財產，也沒有聰明才智，除了承繼顯赫家世別無所託，除了自己築起的柵欄別無庇蔭，唯一的消遣就是從樓上往下俯瞰過往行人的腦袋瓜。阿姨年輕的時候很漂亮，但暮去朝來顏色故，先是任性地折磨過好幾個可憐的小夥子，等到年紀老大不小才下嫁給一個對她百依百順的老軍官。老軍官和她僅靠著一筆微薄的財產勉強度日，好幾年後，老軍官死去，如今只剩她一人孑然一身，孤苦無依——要不是她有個可愛的外甥女，大概不會有人要理她吧！

1772/01/08

這些人是怎麼回事啊？全副心思都放在繁文縟節上，可以把一整年的精神都耗在升遷搶位上，而且並非沒事做才這樣，絕對不是，有堆積如山的事等著他們處理，可是卻因一些小彆扭而耽擱了重要待辦事項。

上星期，我們去滑雪橇時起了點爭執，結果大家都覺得掃興。

那些傻子看不出站的位置是前或後其實不是重點，也不知道第一個滑出去的人鮮少扮演首領的角色——就像有些國王會受制於自己的宰相，而有些宰相又受制於幕僚一樣啊！到底誰才是為首的人？我想，只有能夠洞悉他人、擁有足夠實權或智謀，好將自己力量與熱情發揮在實現計畫上的人，才能勝任首領的角色。

1772/01/20

親愛的洛蒂，我非寫信給你不可，我正在一個簡陋農舍的小房間裡躲避外頭的暴風雪。只要我人還在陰鬱的D鎮、在陌生人之間周旋、心在那些不投契的人之間飄盪，就沒有時間靜下心來寫信給你，半點時間也沒有。現在，在這孤寂又狹小的小室裡，雪和冰雹正在小窗外呼嘯，你是我第一個想到的人——一進到這兒，想起你，那段快樂的時光又回來了。

我最好的朋友，但願你能看到失魂落魄的我，我的心都快枯竭了啊！我的心沒辦法得到任何滿足，一時半刻的歡樂也沒有，什麼都沒有。我好像站在那騙人的西洋鏡前，看著小人兒與小馬匹在眼前粉墨登場，我常自問這一切是否只是幻覺——居然還跟著上臺演出，或說更像個被操控的木偶，偶然間，握住鄰人的木手，驚嚇得倒退好幾步。夜晚來臨，我便想欣賞清晨的日出，隔天卻離不開床鋪；白天，盼望看到月光，夜幕低垂後卻仍待在小屋裡。我真不知道為何而起床，為什麼該就寢？

我缺少律動生命的催化劑——在深夜裡保持清醒的刺激已然消失，從晨間睡夢中醒來的動力也不見了。

Ｂ小姐是我在此地唯一認識的女性。親愛的洛蒂，如果說有人能比得上你，那麼，她跟你好像。你一定會說：「唉呀，這個人又在花言巧語了！」但這話一點不假——近來我很擅長獻殷勤，畢竟別的事我也做不來，倒很能談天說笑，女孩們都說沒有比我更會恭維奉承的人了。（你一定還想補充說明：「還有，騙人也很拿手，因為要討好別人，不帶點謊言是行不通的，懂嗎？）

我想談談Ｂ小姐。她是個很有靈氣的女孩，藍色眼珠散發出滿滿的氣質，卻被家世地位拖累，無從實現任何心願。她渴望脫離這紛紛擾擾，於是我們會到鄉間消磨好幾個小時，一起幻想簡單純粹的快樂。啊，我們還想到了你，有多少次她不得不表現出對你的敬意，應該不能說「不得不」，而是不由自主地表現出來。她很喜歡聽我談起你，她很敬重你……

噢，多麼希望我就在那個溫馨又熟悉的小房間裡，坐在你腳邊，幾個可愛的小傢伙在我身邊跳著舞；要是你覺得他們太吵，我就把他們都聚攏過來，講一個可怕的童話故事，讓他們一聲也不敢吭。

在這片白雪皚皚的大地上，夕陽西下，風暴已然遠去，而我又得回到牢籠了……再會。亞柏特和你在一起嗎，那如果……願上帝原諒我這個問題。

1772/02/08

這八天來天氣糟透了，但我仍怡然自得——誰教只要我在這裡，每逢好天氣總有人攪擾我或掃興；而只要是滂沱大雨、大雪紛飛、氣溫驟降或正值融雪的天氣，哈，我就會想，待在家裡要比到外面好多了。

當隔天太陽升起，又是美好的一天，這時我會忍不住呼喊——他們失而復得的好天氣，又回到他們手中了呀！健康、名聲、樂事，以及休養生息，他們其實從未失去過什麼，卻經常因為愚昧無知、心胸狹隘，迸出各式各樣混淆視聽的言論。有時我很想跪下來央求他們，可不可以別內鬥得這麼厲害啊！

1772/02/17

我擔心，公使和我快要受不了彼此了——他已來到讓我無法忍受的臨界點，做事方法與辦公習慣可笑至極，使我不得不反駁他；而照我自己想法和方法去做的事，對他而言，自然也沒有一件做對。因此，他最近向宮廷申訴，部長則善意地勸導我；儘管如此，我終究還是被記了一筆。

我從部長那兒收到了一封私人信函①，我知道，該是抽身離開的時候了。這封信讓我不禁倒身跪下，對信裡展現出的崇高無私與智慧佩服不已——他指正了我那太過敏感的個性。他很看重我對工作的認真、對他人觀感的在乎、所展現出的工作效率，以及年輕人的衝勁，只是這一切程度都太過了些；儘管如此，還是不該澆熄自己的熱情，倒應鍛練一下修養，之後適切地引導出熱情，好好地發揮它們。

這八天我的確振奮了起來，並與內在的自我達成和諧。能讓心靈安頓下來是非常美妙的一件事，同時也是一種能從自己身上感受到的喜悅。親愛的朋友，這個寶藏如此美麗珍貴，但願它別輕易破碎才好。

1772/02/20

我的愛，願上帝保佑你們，並將我那些被奪走的美好時光都賜予你們吧！

亞柏特，我要感謝你欺騙了我。我還在等你們告訴我婚禮的日期，然後我就要在那天鄭重其事地把洛蒂的剪影畫從牆上拿下，深埋到另一堆文件底下。現在你們已經完婚了，而她的剪影依然掛在那裡，就讓它繼續掛在那兒吧，有何不可呢？

我知道，我曾在你們的心中；對你來說，我在洛蒂心中的地位並沒有動搖，我排第二位，我不只是想要、還一定要保有這個地位，噢，如果她忘了我，我會發狂的——亞柏特，我才剛這麼一想，就有如跌進了地獄一般。亞柏特，珍重。天使，珍重。珍重，洛蒂。

①出於對這位傑出男士的敬重，這封信以及後面將提到的另一封信，內容均略去——如果原文照登，即使讀者為此感謝萬分，相信我這大膽冒失的行為仍是無可原諒的。（本書原注）

1772/03/15

有件事讓人心煩意亂，並促使我離開此地。真教人咬牙切齒，見鬼了！這件事無可彌補，而且一切都是你們害的，是你們鼓勵我找點正事做，但這份工作是如此折騰我，這根本就不是我的本意啊！現在我受夠了，你們也受夠了。你可不能再說是我吹毛求疵搞砸了一切，你聽好了，親愛的先生，我要像個編年史學家一樣，將這件事的始末，平鋪直敘、淺白易懂地說給你聽。

眾所皆知C伯爵很喜歡我，且看重我（這事我已跟你說了好多次），昨天我在他家用餐，碰巧遇見上流社會的先生女士來到他家，準備參加晚上的宴會，而我從沒想過、也想不到，我們這種基層職員並不屬於這個場合——這下可好了。

我和伯爵一起吃了飯，飯後我們在大廳走來走去。我和他，以及後來進來的B上校聊起天，而宴會時間就快到了（天才曉得，我壓根兒沒想到）。這時，裝腔作勢的S夫人及其夫婿進來了，還帶著身穿緊身胸衣的平胸女孩，大概是他們新近剛放出籠的女兒吧！他們張大了上流貴族式的眼睛與鼻孔，這圈子讓我打從心底反感，因此想等伯爵從應酬場面話脫身後便向他告辭。

此時，我的B小姐卻進來了。每次看到她，總能稍稍令我感到心怡，於是我又待了下來，站到她的椅子後方；過了半晌才發現，她和我講話的態度不似平時坦率，而且還帶點尷尬——我突然想到，她是不是也和這些人一樣；才剛這麼想，我便深受刺激並想離去。然而我卻留了下來，畢竟還是想當面向她告辭，而且也不願相信她跟這些人一個樣，當然更盼望從她那兒聽到幾句順耳的好話，以及……隨你怎麼想吧！

這時來了很多人，身穿法蘭茲一世全盛時期整套服飾的F男爵②，以及帶著失聰夫人前來的內廷參事R（這裡依其官階稱之為R大人），別忘了還有那位在舊服飾上新添補丁的寒傖J先生；這些人齊聚一堂，我則和幾個熟人交談，但他們全是話不太多的人。我想，我可能一心只留意著B小姐，沒注意到那些女人聚在大廳盡頭竊竊私語，然後輪到男人交頭接耳，接著S夫人和伯爵說了幾句話（一切都是B小姐事後告訴我的），最後伯爵朝我走來，把我帶到窗邊。

②法蘭茲一世（Franz I）於一七四五年登基，而本書背景如書信日期所示，為一七七一至一七七二年間。

他說：「您知道，我們的社會情況是很奇怪的。我注意到，這場聚會不太樂見你在場，我並不想把這一切——」我打斷了他：「閣下，我很抱歉，我應該要早點想到的。我知道您會原諒我前後矛盾的行為——早想告辭，卻有個邪靈將我定在這裡。」我面帶微笑地補充說明，同時向他彎身鞠躬。伯爵和我握了手，這一握，讓我感受到他話尤未盡的一切。

我悄然離開了這場派頭十足的宴會，坐上一輛輕便馬車去了M鎮，從那裡可以看著太陽自山丘上落下，而且還從荷馬讀到「奧德賽如何受到善良養豬人款待」這個壯闊豪邁的篇章。一切都很美好。

傍晚，我回到住處吃飯，客棧裡仍有幾個人窩在角落擲骰子，還把桌巾都掀了起來。這時，老實的阿德霖進來了，他放下帽子走到我面前，輕聲地說：「遇到了不愉快的事吧？」我說：「我？」他說：「伯爵把你從宴會趕了出來，這些人統統見鬼去吧！」我說：「我反而比較喜歡待在外面呼吸新鮮空氣呢！」他回道：「還好你沒把這件事放心上，只不過我擔心，這事已經鬧得滿城風雨了。」直到此刻，整件事才開始讓我火大，所有前來用餐的人全都盯著我看，我心想：「這些人因為這件事而盯著你看呢！」真叫我火冒三丈。

然後不管走到哪兒，都有人對我表示同情，聽說那些嫉妒我的人不無得意地落井下石，說：「看吧，就是有那種眼高於頂的人，以為靠著傲氣自負，就可以不看場合，不顧自己的身分地位——」底下還有更多惡毒不堪的閒話……

此刻，我真想拿把刀往自己心窩刺。每個人都有評論的自由，那些無賴不僅如此還要說長道短，我倒想看看有誰受得了這種流言蜚語——不過，倘若他們的閒言閒語只是空穴來風，倒也可以寬心地隨它去。

1772／03／16

我被輿論追著跑。今天在林蔭道上遇見了B小姐，我迫不及待想和她談談——既然我們都已從那場宴會脫身，我想告訴她，近來她的舉止態度讓我做何感想。

她則誠懇地說：「噢，維特，你是懂得我的，你能否理解我的迷惘與困惑呢？當踏進宴會廳看見你的那一刻，我就擔心自己會因你而受苦。這一切我早可以預見，想跟你說的話不下百次已到嘴邊——我知道，S和T這兩對夫婦寧可打道回府也不願見你在場，我也知道伯爵並不想惹惱他們；現在，這事果真鬧得沸沸揚揚。」

「這話怎麼說呢，小姐？」說話的同時，我掩下驚駭，只因阿德霖昨天說的一切此刻正如沸水在我血管中流竄。眼前的可人兒熱淚盈眶地說：「這已經讓我付出代價了啊！」我再也無法克制，就要跪倒在她跟前，我喊道：「你說吧！」她淚流滿面，我則不知所措。

她擦乾淚水，毫無修飾地開始訴說：「我阿姨你是認識的，當時她也在場，她——噢，她是以什麼樣的角度看待這一切啊！維特，昨晚我忍了一整夜，今天一早就因為和你往來而被訓斥一頓，而且還不得不聽她貶損侮辱你，只是卻不太敢為你辯解叫屈啊！」

她所說的字字句句像一把把匕首穿過我的心。她並未察覺，如果能隱瞞下一切不說，對我會是多大的慈悲；但現在，事後的紛紛議論，還有那些人感覺自己從中贏得的某種勝利，她都一五一十告訴了我，還說他們早就在譴責我傲慢、瞧不起人——對於我所受到的懲罰，此刻他們應該很痛快吧！

威廉，從她真誠體貼的口吻聽到這一切，我的心都碎了，而且忿忿難平。我希望有人敢當面指責我，這樣我就可以一劍刺穿他的身體——要是讓我看到血，我反而會覺得好過些。啊，我已拿起刀子不下百次。

傳說有一種寶馬，當牠們燥熱難耐且被驚擾時，會出於本能咬破自己的血管以利呼吸。而為了透透自己鬱悶的心，我也常常想這麼做——我想在自己身上劃開一條血管，以求得永恆的自由。

1772／03／24

我已經向宮廷提出辭呈了，希望能獲准。沒有先徵得你們同意就這麼做，還望見諒。

我現在是非走不可了，對於你們想勸慰我的理由說辭，我也都知道，還有——請你們在我母親面前說得委婉些，我是不得已的；至於沒法博得她的歡心，是因為我實在自顧不暇。當然，她一定會傷透心，她兒子才剛踏上成為樞密顧問與公使的康莊大道，竟然就此戛然而止，而且還連同馬匹一併被貶回了馬廄。

現在無論你們怎麼想，無論你們提出多少我可以留下、或應該留下的理由，我都覺得受夠了。

我要走了，而且會告訴你們去向——此地，有位○○侯爵很樂意與我為友，他聽說我打算辭職，便邀請我一塊兒到他的莊園共度美好春天。他向我保證，我可以在那兒休養生息；由於我和他之間彼此有相當程度的理解，便趁此良機，放膽和他走了。

## 1772／04／19（補記）

謝謝你連寫了兩封信來，我沒回信，是因為必須等到宮裡批准辭呈才能動筆。我擔心母親會親自去找部長，這樣一來計畫就難以實行了，不過——現在我的辭呈已經批准了。

我並不想告訴你們，在批准我辭呈時，他們有多麼勉強，以及部長又如何在信中慰留我——你們大概又是一陣嘆息吧！儲君送了我二十五個金幣做為餞別之禮，還對我說了句讓我感動到流淚的話。前陣子，我曾寫信請母親寄錢來，現在不需要了。

1772／05／05

明天我就要從這裡啟程了，此地距離我的出生地僅六英里遠，所以我想回去看看，重溫那段如夢一般昔日幸福時光；我也想再次走進那道城門——父親過世後，母親便帶著我穿過那道門，離開了那個可愛又熟悉的地方，把自己關進了教她難以忍受的城裡。

再會，威廉，路上再給你寫信吧！

1772/05/09

我帶著朝聖般的虔誠心情，完成了故鄉巡禮，有些意想不到的情緒湧上我心頭。

在前往S城十五分鐘車程的地方，有棵高大的菩提樹，我請車伕讓我在此下車，要他先進城去，我想獨自走這段路，細細回想生動依舊的點滴回憶。我就這麼站在菩提樹下，當還是個小男孩時，此地是我散步的終點與界線。一切都變了！那時，我天真地渴望能遠行到未知世界，希望那裡可以豐富我的心靈，滿足我進取、渴慕的壯志。而今，我已浪跡天涯回來——噢，我的朋友，我帶回了多少破滅的希望、落空的計畫啊！我也看到橫亙於眼前的山，數不清有多少次，那座山曾是我寄託的對象，我可以在那兒坐上好幾個小時，悠然神往，把心遺留在樹林裡、山谷中——直到它在我面前露出柔和朦朧的光芒，才依依不捨離開這可愛的地方。

腳步離小鎮越來越近，昔日熟悉的花園、小屋一一朝我迎來，但新造的房舍和一切人為的改變卻令人反感。一踏進城門，便發現我又回到了從前。親愛的，我並不想細說從頭——這一切是如此吸引著我，若要詳加敘述恐怕又太單調。

我決定投宿在市場旁，就在我老家的隔壁。路上，我看到從前的校舍變成了一間雜貨店——小時候，有位受人愛戴的老太太，把我們統統擠進那間小教室上課呢！在這個有如洞穴的小教室裡，我曾嘗過種種傷心落淚、懵懂惶恐的不安情緒，至今清晰依舊。每走一步，心頭就震一下，即使是聖地裡的朝聖者也碰不到這麼多充滿宗教意義的場所，而且心靈也不會那麼易感吧！身處千頭萬緒的回憶裡，容我再說上一事吧！

沿著溪流往下走，我來到某座田莊，這也是我慣走的路線；我們小男孩總喜歡在這塊小空地上，拿著扁石頭朝水面練習打水漂。往水邊望去，回憶歷歷在目，我的奇思異想隨水流而去，幻想著水到之處無一不是冒險天地，只可惜想像力一下便枯竭，而河水仍不斷涓涓流淌而去，直到消失在我視線看不見的遠方。

你瞧，親愛的，先民們儘管局限地生活在這片小天地，卻仍如此幸福快樂，他們的情感與創作如此充滿赤子之心。尤里西斯說，海洋深不可測，而大地廣袤無邊；他的話是那麼真實貼切，深刻、明確且神祕。現在，我可以對每個小學生說地球是圓的，但這有什麼意義呢？人類只需要寸土之地便能享受人生樂趣，至於長眠之地那就更寡少了。

我已來到侯爵的狩獵行宮。和侯爵一起生活在這兒十分愜意，他是個真誠單純的人。不過，他身邊圍繞著一些我無法理解的怪人，他們似乎不是壞人，但看起來也無正派人士該有的氣度——有時我覺得他們很誠懇，但我並不信任他們。令我感到遺憾的是，侯爵經常道聽塗說，或談論著從書上看來的事而無一己之見，有的只是別人灌輸給他的觀點罷了。

比起我的心靈，侯爵顯然更欣賞我的理解力和才能，然而，我的心靈卻是我唯一的驕傲，它也是所有一切的根源，一切力量、一切幸與不幸的唯一根源。啊，我所懂得的，人人都可以知道，唯有我心，為我所獨有。

1772／05／25

我曾有過一些念頭，在我付諸行動之前，並不打算告訴你們；如今既然這些念頭不會實現了，告訴你們也無妨。

我原本想投筆從戎，這件事在我心裡埋藏了許久，正因如此我才追隨侯爵，而他正是○○○地的將軍。在一次散步途中，我向他透露了計畫，他卻勸我打消這個念頭；不過卻說，如果我真有從軍的熱忱、而非只是突發奇想，就可以不必聽他的勸。

1772／06／11

隨你怎麼說吧，反正我是待不下去了。我為什麼要留在這兒呢，我覺得度日如年啊！侯爵極盡所能地挽留我，我的心卻不讓我留下。基本上，我倆毫無共通之處——他是個理智的人，可惜理解力十分平庸，我無法再跟他相處下去了，與其如此，我情願去讀一本好書。

再住八天，我就要再度浪跡天涯了。

在這裡，我最得意的一件事就是我的繪畫——侯爵能感受藝術之美，倘若他不受討厭的科學本質和尋常的術語限制，他的感受會更深刻。每當我以熱烈的想像力引領他認識大自然與藝術時，他就會自以為是地突然插進幾個刻板的藝術語彙，偶爾，我會因此恨得牙癢癢的。

1772／06／16

在這世上，也許我只是個流浪者，只是個過客。難道，你們不是嗎？

1772／06／18

我要去哪裡？讓我悄悄地對你坦誠吧，我還得在此地停留兩個星期，然後我告訴自己要去參訪〇〇地的礦場。

但事實並非如此，我只想再回到洛蒂身旁，這就是一切了。我譏笑自己的心，可我卻隨它的意志而行。

1772／07／29

不，這樣很好，一切都很好——讓我——當她的丈夫！噢，上帝，是祢創造了我，若祢能賜予我這種福分，我終身都會膜拜祢。我不想和祢爭論，請原諒我的淚水，原諒我無法實現的願望。讓她成為我的妻吧，我多麼希望能將全世界最可愛的人兒擁入懷中。

威廉，當亞柏特摟住她修長的身軀時，一股寒顫便貫穿我全身。

而且，我該不該說呢，有何不可呢，威廉——她和我在一起，會比和他在一起幸福啊！噢，他不是那個可以實現她心靈所有願望的人，他缺乏某種體貼的特質，缺乏某種——隨你怎麼填入。在閱讀一本心愛的書時，他的心不會隨著情節與她產生共鳴，我卻總能和洛蒂相契合；在許多偶發事件中，對於他人的行為反應，我們彼此亦有心照不宣的觀感。親愛的威廉啊，雖然他全心全意愛著她，可是這樣的愛意還不配得到她。

有個討厭的人打斷了我的思緒，我的淚痕已乾，我心亂如麻。再見了，親愛的朋友。

1772／08／04

並非只有我會這樣，任誰都會在希望之中感到失落，在期盼之中受到矇蔽。

我去探望菩提樹下那位善良的少婦，她的大兒子朝我奔來，熱情的呼喊聲則將他母親引了出來。可是婦人看起來十分沮喪，開口就說：「好心的先生，啊，我的小漢斯已經死了！」小漢斯是她的小兒子。我無言以對。

她又說：「我先生從瑞士回來了，什麼也沒帶回來。他不幸在途中患了熱病，要不是有好心人幫助，他就得沿路乞討了。」我仍舊默然。送了她孩子一點東西後，她要我收下幾顆蘋果，我接受了，然後離開這傷感之地。

## 1772/08/21

一反掌間，我的心情就不一樣了。有時，生命的幸福之光彷彿又漸漸亮起來，啊，只是一眨眼的光亮罷了！當沉迷於夢幻之中時，我一直無法抗拒某種想法——要是……要是亞柏特死了呢？你會變成……是的，她也會……於是我追逐著自己的幻覺，直到它引我來到深淵的邊緣，我卻顫巍巍地退縮了。

我走出城門，第一次坐馬車去接洛蒂跳舞，走的就是這條路，當時的心情多麼不一樣啊，而一切……一切都成了過往雲煙，再無半點往昔蹤跡，當時的情感悸動也絲毫不存。

我好比一名侯爵的幽魂，回到舊日城堡，一座於自己鼎盛時期竭盡所能建造的豪華城堡，希望死後留給愛子——可是，他那一縷幽魂看到的，卻是一座焚毀已極的廢墟。

1772/09/03

有時我無法理解，我是如此專一、徹底、癡心地愛她；除了她，我什麼也不想了解，什麼也不想知道——那，怎麼還有人可以愛她、膽敢愛她呢！

1772/09/04

是啊，就是這樣，當大自然逐漸有了秋意，我內心和四周也跟著蕭瑟了起來。我的葉子都轉黃了，鄰近的樹木也落下片片枯葉。

初到此地時，我是否曾在信中跟你提過一位年輕農夫呢？現在，我又來到了瓦爾海姆，並向人打聽他的近況。據說，他被雇主解職攆走了，而沒有人想知道他的下落。昨天我前往另一個村子途中正好遇見他，便和他攀談起來，他跟我說了自己的故事，令我感慨不已——接下來經我轉述，你很容易就能明白，但為什麼我要這麼做呢？那些令人氣憤憂傷的事，為什麼我不放在自己心底就好？為什麼也要惹你難過呢？為什麼我總要給你機會來同情、責罵我呢？或許，這也是我的命吧！

那個年輕農夫先是哀傷憂鬱地回答我的問題，但我察覺他似乎有些羞於啟齒。不一會兒，他認出了我，便立刻坦白承認所犯下的錯，並訴說自己的不幸。我的朋友，他所說的字字句句，我多麼希望你能做出裁決啊！

年輕農夫以一種沉浸在回憶裡的喜悅招認著，或說陳述著，說他對那位寡婦的愛意與日俱增，到後來已經不知道該怎麼辦，不知該如何表達自己。他輾轉難眠，茶飯無心，喉嚨好像哽住似的——不該他做的事，他做了；被交代要做的事，卻忘了，彷彿被惡魔附身一般。直到有一天，他知道她在樓上的房間，便跟了上去，或說有股力量將他拉了過去。她沒聽從他的請求，導致他差點就要蠻力相向；他不知道自己為什麼會這樣，但上帝可以作證，他對她毫無邪念，除了娶她為妻、和她共度一生，再沒有別的渴求。

他已經對我訴說了好一會兒，於是開始略有停頓，像個話沒說完、卻不敢再講下去的人。好不容易，他帶著幾分羞怯向我承認——她允許了他的一些親密小動作，讓他親近自己。陳述時，他中斷了兩三次，並激動地重複著，說他之所以告訴我，並不是要破壞她的名聲；還說他和從前一樣愛她、敬重她，而這些話他從不曾對別人說過，只告訴了我，因為他想說服我，他並不是個反覆無常的傻子。

在此，我最好的朋友，我又要開始搬出一些老套了——可否向你介紹一個人，他曾經如何站在我面前，現在又如何深植我腦海！可否向你娓娓道來，讓你體會我有多麼同情他——我必須同情他，這就夠了！你也知道我的遭遇，你是那麼的了解我，我對所有不幸之人的關切（尤其是這個不幸的人），你再明白也不過。

當我又讀了這封信一遍之後，才發現忘了把故事說完，儘管你很容易就可以猜到結局是什麼——寡婦防範著年輕的農夫，而她弟弟也來了；她弟弟對他懷恨已久，早就想把他趕出門，只因弟弟擔心，倘若姐姐再婚，他自己的孩子便拿不到遺產——她並未生兒育女，這弟弟正打著姐姐的主意呢！弟弟立刻攆走年輕農夫，還四處放話，說即使姐姐想找他回來，他也不可能再被雇用。如今寡婦另外雇了人，雖然也有人說她因此和自己弟弟鬧翻，還言之鑿鑿地說她會嫁給那個年輕農夫，只是她弟弟絕不會讓這種事發生。

我告訴你的這一切毫不誇張，也沒有加油添醋，我只能說——太弱了，我敘述得太無力、也太模糊了，畢竟我是以我們慣用的一般文字來陳述啊！

這名年輕農夫的愛情、忠貞與熱情絕非虛構捏造，他所愛上的寡婦則擁有偉大的貞節，他們生活在那群被我們稱之為沒受教育的粗野下層階級之中，倒是我們這些知識分子卻成了被教壞的廢物。請你好好讀讀這個故事吧！

今天寫信給你的過程中，我的心情倒是很平靜。仔細瞧瞧我的筆跡，你會發現我的字不似平時雜亂潦草，請讀讀這個故事吧，我的朋友，同時設想——這也是你朋友的遭遇。啊，我曾經是過來人，這也將是我的宿命，我卻連這個可憐人一半的勇氣、一半的堅毅都沒有，我簡直不敢拿自己和他相比。

## 1772／09／05

她的夫婿到鄉下出差，她寫了封短箋給他，開頭寫道：「最好的人、最親愛的人，快點回來吧！我滿懷喜悅地等著你。」

有個朋友走進來對我們說，亞柏特因為某事，近日還無法回來。這封短箋沒有送出去，傍晚時落到了我手上，讀完後，我便笑了出來。

洛蒂問我在笑什麼，我大聲地說：「想像力真是一種天賜的禮物啊！有好一會兒，我把這封信當成是寫給我的呢！」她愣住了，看起來不太高興，所以我沉默了。

## 1772/09/06

好不容易，我終於下定決心汰換掉這套款式簡潔的藍色燕尾服。第一次和洛蒂跳舞時，我穿的就是這套禮服。最近，它已經舊得不像樣，我又去訂製了一套一模一樣的，衣領和摺邊毫無二致，另外又做了黃色背心和長褲搭配。

但是，穿起來的感覺卻不太一樣，我不知道——我想，過一陣子我就會比較喜歡它了吧！

1772／09／12

前幾天她出門去了，去接亞柏特回來。今天我去了她那兒，她迎向我，我滿心歡喜地親吻她的手。

一隻金絲雀從鏡子上方飛到她肩膀上。「這是我們的新朋友，」她一邊說，一邊將鳥兒引逗到手上，「這是送給我弟弟妹妹的禮物。你看，牠多可愛啊，只要我餵牠吃麵包，牠就會拍動翅膀，優雅地啄食。你瞧，牠還會親我呢！」

當她向這隻小鳥噘嘴時，牠也親熱地湊近眼前甜美的雙唇，彷彿也感受到這是一份降臨在牠身上的恩典似的。

「你也應該讓牠親一下！」她說著，便把鳥兒遞過來。這鳥喙先從她的雙唇，來到了我的嘴上；輕輕一啄，像是一股深情的氣息，一種美好的感受。

我說：「牠的吻，並非毫無所求唷！牠還想找點吃的，這一吻毫無所獲，牠氣呼呼地縮回去啦！」她說：「牠也會從我嘴裡啄食呢！」便從唇間銜了些許麵包屑餵鳥，天真無邪的愛憐之意，喜悅滿滿地自她唇間溢出。

我別過頭去——她不該這麼做，不該以這天使般的純真幸福畫面激起我的想像力，喚醒我沉睡的心；我沉睡的心，偶然被這平淡的生活感觸動了，她不該將它喚醒。但，為什麼不呢，她是這麼地信任我，她知道我有多愛她。

1772/09/15

我快要發狂了，威廉，這世上絕對有無價之寶，怎麼會有人對此一點感情、感覺也沒有？

你還記得那兩棵胡桃樹嗎？我和洛蒂前往聖○○拜訪那位忠厚的牧師時，曾一起坐在樹下的那兩棵胡桃樹啊？只有老天才曉得，漂亮的胡桃樹總以它無比偉大的精神能量豐富我的心，它們讓牧師的院子變得多麼可親且涼爽，它們的樹幹是多麼美麗啊！不禁讓人追憶起，多年前親手栽植它們的那位善良牧師；本地校長常常向我們提到從自己祖父聽來的一個名字，正是那位受人敬愛的牧師之名——在這兩棵胡桃樹下，我緬懷著他，對他肅然起敬。

我要告訴你，昨天我們剛談到的那兩棵胡桃樹被砍掉了。被——砍——

了！校長的眼淚都快流下來了，我氣得想殺了那個砍下第一刀的兔崽子。如果我自己院子裡有這麼幾棵樹，光是得眼睜睜看著其中一棵年老而死，就快教人傷心死了。

親愛的朋友，這之中倒還有一事可說，那就是人類的情感。砍樹這件事讓整座村莊怨聲四起，我希望牧師娘能從變少了的奶油、雞蛋和其他餽贈品，察覺自己為村莊帶來了何等傷痛，因為——她正是始作俑者。此女是新任牧師娘（我們的老牧師已經去世了），這個瘦弱多病的女人確實有充分理由憤世嫉俗，因為——沒有人喜歡她。這個蠢女人很認真地研究著《聖經》正典，甚至在新派的基督道德批評改革中下了許多功夫，對那位拉法特引起的狂潮頗不以為然。

她搞壞了自己的健康，因此在這世上毫無快樂可言，也只有這種怪人才會砍了我的胡桃樹——你看，我怎能受得了。你想想，落下的樹葉會弄髒她的院子、大樹會擋住她的光線，而且一旦胡桃成熟，男孩們又會拿著石頭丟，這都令她心煩意亂；而當她斟酌比較著肯尼寇特、山姆勒與米夏埃利時③，這一切

③ 肯尼寇特（Benjamin Kennicot, 1718～1783），英國神學家。
山姆勒（Johann Solomo Samler, 1725～1791），德國神學教授。
米夏埃利（Johann David Michaelis, 1717～1791），德國東方語系教授。

也會攪亂她深沉的思緒。

我發現村民都很不滿（尤其是長輩），便問：「你們為什麼要受這種委屈？」他們答：「在我們這裡，只有村長能做主，我們又能怎麼辦？」不過，正義還是存在的。從來沒從自己太太怪腦袋得過什麼好處的牧師，這次卻想從中獲利，而村長也想分一杯羹，稅務局獲悉後便說：「繳庫！」稅務局畢竟擁有牧師院子（也就是胡桃樹所在之處）的產權，因此將木材賣給了出價最高的商人，現在，樹木還躺在那兒呢！

噢，如果我是侯爵就好了，我要把牧師娘、村長和稅務局——話說，如果我是侯爵，根本不需要擔心領地上的樹呀！

1772／10／10

只要一見到她黝黑的眼睛，我就覺得心神舒暢。

你聽我說，令我煩心的是，亞柏特似乎不如他自己所期望的那麼快樂——

而我——假如——（我不喜歡用破折號，但此刻真的無從說起，我想這樣也就夠清楚了。）

1772／10／12

「莪相」在我心中的地位已經超越了「荷馬」，這位卓越的詩人將我引進了怎樣的一個世界啊！

荒原漫步，狂風呼嘯。茫茫大霧中，狂風召喚著朦朧月光下的先靈，聆聽山邊傳來的聲音、林中大河的怒吼，洞中精靈的嘆息隱約可聞，以及少女痛不欲生的哀泣——啊，那四塊覆滿青苔、雜草叢生的墓石，正是她愛人長眠之處。

然後，我找到了他，那個浪跡天涯、鬢鬢皤然的宮廷詩人。他曾在遙遠荒地找尋祖先的足跡，卻只找到了墓碑；他哀傷地望向那顆藏身洶湧汪洋的早現星辰，它是如此可愛——往昔時光浮現在這位英雄的心中，啊，那柔和星光曾指引險境中的勇士，月光曾灑在他們以花冠裝飾的凱旋歸來船上。

我從眉間看出了他內心的苦惱，看見這位踽踽獨行的英雄，精疲力竭地朝墳場踉蹌而去，陣亡戰士的幻影無助地站在他眼前，他吸吮著這份焦灼沉痛的全新喜悅，俯瞰這塊風吹草長的冰冷大地，大喊：「那位旅人就要來了，快要來了，他曾見過我美麗的容顏，並且問：『芬恩格爾優秀的兒子，那位歌者在哪兒？』他的腳將踩過我的墳墓，在我的墓地上尋我，卻不可得。」

噢，朋友，我希望像個貴族勇士那樣，拔出劍來一刀了結那位正受著痛苦凌遲的侯爵，而後我的靈魂也將追隨這個已獲自由的半神人。

## 1772/10/19

啊，空虛，我內心感到極度空虛。我常常在想，要是能擁她入懷就好了，只要一次，這個極大的空虛就可以被填滿。

1772/10/26

親愛的，我現在相信，而且越來越相信，人的存在十分渺小，實在小得微不足道啊！

洛蒂有訪客，於是我走到隔壁房間拿本書來看，卻讀不下，然後又拿了枝筆來寫。我聽見她們輕聲交談，聊些無關緊要的事，還有城裡的新鮮事兒——這個人結婚了，那個人病了，病得很重。那位訪客說：「她在乾咳，瘦到臉上的骨頭都突出來了，而且會頭暈；我想，她來日無多了。」洛蒂說：「N N的情況也很糟。」那位訪客說：「他已經整個浮腫了。」此刻，我的想像力已帶我來到這些可憐人的病榻前，他們是多麼不願面對現實底下的生命，他們是多麼——威廉，女士們談論這些事的時候，就像在談陌生人的死一樣。

當我環顧所在的這個房間，我被洛蒂的衣服、亞柏特的手稿和家具圍繞著，這一切、甚至連那個墨水瓶都是我熟悉的，心想：「看吧，對這家人而言，你到底算什麼？是的，你的朋友很尊敬你，畢竟你時常為他們帶來歡樂，你心裡覺得他們好像不能沒有你，然而要是你現在一走了之，要是你就此告別這個小圈子呢？他們要多久才能察覺你的離去對他們生命造成的空缺，要多久呢？噢，生命有如朝露，就在確實察覺己身存在之時，就在活在當下之時；即使在記憶中的愛情與人的靈魂裡，人生亦短，生命也終將湮滅消逝，而且消逝得異常迅速！」

1772／10／27

人情竟如此淡薄。我常想撕開胸膛，並朝自己腦袋開一槍。要是我沒能帶給別人愛、喜悅、溫暖和歡樂，那麼別人也不會給予我；但就算我心洋溢著幸福，也沒法讓我面前這個冷漠消極的人快樂起來。

我擁有的這麼多，卻被對她的感情吞噬了一切；雖然我擁有的這麼多，但失去她，我就一無所有了。

## 1772／10／27（晚間）

不下百次，我差點想上前摟住她的頸子。心愛的人就在你眼前，卻伸手不可及，只有偉大的老天爺才知道這是什麼滋味。而伸出手本來就是人類的本能，孩子們不是想到什麼就去捉住什麼嗎——那我呢？

## 1772／11／03

只有老天才知道吧——我躺在床上，常常懷著不要再醒來的想法，有時確實真心希望如此；而翌日清晨當我睜開眼睛，又見到太陽，便又自怨自艾起來。噢，如果我是個情緒化的人，就可以歸咎天氣、歸咎別人、歸咎計畫落空，如此一來，這種難受的憤懣就可減去我身上一半的重量了。可憐的我！

我真的感覺到，一切只能怪罪自己——不是怪罪，夠了，是我心中埋藏著一切不幸的根源，就像從前埋藏著所有幸福的源頭那樣。我不就是個在豐富情感中遊蕩、有心中樂園相隨，並擁有一顆以愛環抱全世界之心的人嗎？現在我心已死，形如槁木，我的淚已乾，感官再沒有清涼的淚水滋潤，眉頭也因內心的不安而深鎖。我痛苦不堪，因為失去了生命中唯一的歡樂，失去了創造我周身世界的神聖活力——這股力量已經消失了。

每當我望向窗外遠方的山丘，看到晨曦如何穿過丘上的霧靄照耀在寧靜的草原上，還有悠悠小溪在葉落殆盡的柳樹下朝我蜿蜒而來——噢，這美妙的自然景色要是能像油畫上的那樣呆板僵硬就好了，那麼心頭就不會有半點歡樂的幸福感覺湧上腦海，那麼我這個無賴在上帝面前就會像一口乾涸的井、一只漏水的木桶④。我經常倒臥在地祈求上天的眼淚，像個農夫那樣，當頭頂的天空如金屬般密不透風⑤時，當周圍的土地大旱成災時，向上天求降甘霖。

可是，啊，我知道，上天不會因為我們苦苦哀求就賜予甘霖和陽光。昔日回憶折磨著我，為什麼我那時如此幸福？只因我耐心期盼祂的恩典，一心一意以滿懷感激的心來領受祂賜給我的歡樂。

1772／11／08

她責備我不知節制——啊，她連責備我都這麼可愛！

有時我在喝了一杯葡萄酒後，便乾脆喝下一整瓶。她說：「別這樣，你要想想我啊！」我答：「想你，這還用說嗎？我是想著你啊！我不想這樣，可是你卻一直縈繞在我心裡。今天我還跑去坐在離你下馬車最近的那個地方——」為了不讓我越陷越深，她於是顧左右而言他。

我最好的朋友，我完了，只能任她擺布了。

④《聖經・傳道書》第十二章第六節：「銀鍊折斷，金罐破裂，瓶子在泉旁損壞，水輪在井口破爛。」

⑤《聖經・申命記》第二十八章第二十三節：「你頭上的天，要變為銅，腳下的地，要變為鐵。」

1772/11/15

威廉，我要謝謝你的體諒，謝謝你好意相勸，我還想請你放心，就讓我——忍耐下去吧！儘管我已疲憊不堪，仍然有餘力支撐到底。

你知道，對於宗教，我心懷虔敬，我覺得對某些精疲力盡、飽受煎熬的人來說，宗教是一種支柱與慰藉，只是——難道，它在每個人身上都適用嗎？當你定睛看看這大千世界，就會看到宗教對無可計數的人們不曾起過任何作用；無論是否為教徒，宗教並不曾在這些數不清的人身上發揮力量，那麼，難道宗教會對我有益嗎？上帝之子耶穌不也說過，只有祂父親交給祂的那些人，才能待在祂身邊⑥？而倘若我並非被交付的人，那會如何呢？如果天父想留我在祂身邊，一如我心所告訴我的，那又怎麼樣呢？

請別誤會我的意思，別把這單純的話語看成冷嘲熱諷，我所傾訴的一切都是肺腑之言，否則寧可沉默不語——如果是我和眾人一樣所知不多的那些事情，我一個字也不願多說啊！

除了受盡苦難、飲盡風霜，人類的命運還有些什麼？倘若天父的酒杯在世人啓上嘗起來太過苦澀，我又為什麼要置身事外，佯裝飲下的是美酒佳釀？往事如閃電，照耀在未來陰沉深淵的上方，我整個人在活存和消亡之間顫抖著，周遭的一切，包括我自己和整個世界，無不在向下沉淪——在這恐怖的時刻，我為什麼要覺得羞愧？那不就是一個走投無路、永遠翻不了身的壓抑已極生物，所發出的聲音嗎？它在內心深處白費力氣地囁嚅著：「天啊，天啊，祢為何要遺棄我？⑦」

要是我得因為這樣悲嘆而羞恥，那麼，在這位可以把天像手帕一樣捲起來的上帝⑧察覺之前，我又何懼之有？

⑥《聖經・約翰福音》第六章第四十四節：「若不是差我來的父吸引人，就沒有能到我這裡來的；到我這裡來的，在末日我要叫他復活。」第六十五節：「耶穌又說，所以我對你們說過，若不是蒙我父的恩賜，沒有人能到我這裡來。」

⑦《聖經・馬太福音》第二十七章第四十六節：「約在申初，耶穌大聲喊著說，以利，以利，拉瑪撒巴各大尼。就是說，我的神，我的神，為什麼要離棄我？」

⑧《聖經・詩篇》第一百零四章第二節：「（耶和華）披上亮光，如披外袍。鋪張穹蒼，如鋪幔子。」

1772/11/21

她無視也無感於自己布下的毒藥，這毒藥正將我和她推向毀滅，而我竟痛快飲下了這杯毒酒——這杯她遞來的毒酒，會讓我永劫不復。那麼，她經常——不，不是經常，只是偶爾，她偶爾以善意的眼光看著我，以樂意態度接受我不經意流露的感情，而且在顰眉之間同情著我的隱忍與壓抑，這一切又算什麼呢？

昨天要告辭時，她將手伸向我，說：「再見，親愛的維特！」「親愛的維特」——這是她第一次這麼稱呼我，我的心因為「親愛的」這三個字而要融化了，並且複誦不下千百次。

昨晚熄燈就寢時，我還一面喃喃自語，甚至冒出一句「晚安，親愛的維特」，我自己都撐不住笑了。

1772／11／22

「把她讓給我吧！」──我不能這樣祈求，可是我常常覺得她屬於我。「把她賜給我吧！」──我不能這樣祈求，因為她早已有了歸宿。我總是在痛苦中調侃自己，而且要是對自己的痛苦讓步，很可能會招來一連串相反的禱告詞。

1772／11／24

她察覺到我在壓抑──今天，她的眼神看穿了我的心。我發現只有她一人在家，我不發一語，她則凝視著我；在她身上，我再也見不到美麗的外貌，見不到善良內心散發的光輝，一切都在我眼前消失了。有種更美妙的眼神打動了我──她的眼裡充滿最深切的體貼、最甜蜜的愛憐，我何不就這樣倒身在她跟前呢？我何不摟住她的頸子，以無盡的吻來回應她呢？

最後，她只好訕訕地坐到鋼琴前，以甜美輕柔的歌聲伴和琴音。我從沒想過她的嘴唇可以如此動人，她的雙唇彷彿渴望張開，渴望吸吮每個流瀉而出的悠揚琴韻，而她純潔的嘴邊似乎隱約傳出了回音——啊，但願我真能用文字描述這一切！

我再也克制不住了，於是低頭起誓：「我永遠不敢吻上她的雙唇，因為天使們就棲息在她的唇上。」可是——我想要（哈，你看，我的靈魂前面彷彿有道屏障）……想要這種恩典，接著就墮入地獄贖罪，這，是罪過嗎？

## 1772／11／26

有時我會跟自己說：「你的命運和別人不同，其他人都可稱作是幸運兒，沒有人像你這樣不幸。」後來我讀到一首古詩，在詩裡似乎窺見了自己的心境——我所要承擔的痛苦竟如此之大，唉，昔人也曾如我這般不幸嗎？

# 1772/11/30

我就要……就要不能自持了，無論上哪兒去總會遇到令人心神不寧的事——今天，噢，這就是命啊，這就是人啊！

正午時分沒什麼食慾，遂到河邊走走。舉目蕭條，濕冷的晚風從山上吹拂而下，灰撲撲的雨雲飄進山谷，遠遠地，我看到一個身穿青色破衣的人，他在岩石之間四處翻找，似乎在摘採什麼草藥。一走近，他聽到了我的聲音轉過身來，我則看見一副十分怪異的面貌——臉上隱含著一股哀愁，但看得出是個正直的好人；黑髮以簪子紮成兩股，其餘頭髮則編成一根大辮子拖在背上。從衣著看得出他應該是個地位卑微的人，我忖度他大概不會因我打量他而生氣，於是問他在找些什麼？

「我在找花。」他深深嘆了口氣，然後又說，「可是一朵也找不到。」我笑道：「這個季節當然找不到呀！」

「有很多花喔！」他一面說，一面朝我走來：「我的花園裡就有玫瑰和忍冬這兩種，其中一種是我父親給的，它像雜草一樣地長著。我已經找了兩天了，可是卻找不到，這裡滿地一直都有花，黃的、藍的和紅的，矢車菊還會開出美麗的小花喔，可是我卻一朵也找不到。」我發現了些許異樣，便拐彎抹角地問：「你要這些花做什麼呢？」一抹怪異、顫抖的微笑扭曲了他的臉。

「你不能洩漏我的祕密唷！」他一邊說，一邊將食指按到嘴上，「我答應要送我的寶貝一束花。」我說：「太好了！」他答：「噢，可是她擁有其他的東西，她很富有。」我說：「不過，她會喜歡你的花的。」他繼續說：「噢，她擁有珠寶和一頂皇冠。」我問：「她叫什麼名字呢？」他說：「要是尼德蘭國會雇用我，我就不是現在這副模樣了！是啊，我的人生曾經得意過，現在已經毀了，如今我——」他雙眼含淚望向天空，一切不言而喻。我問他：「所以，你曾經很快樂，是嗎？」他答：「啊，我想要——我多麼希望能回到從前。那時我過得很好、很快樂，就像水裡的魚兒一樣優游自在！」

「海因瑞希！」一位朝我們走來的老婦人喊道，「海因瑞希，你躲到哪裡去了？我們到處找你呢，快回來吃飯吧！」我走上前問道：「他是你的兒子嗎？」老婦人答：「是啊，我可憐的兒子，上帝讓我揹了一個沉重的十字架。」我問：「他這樣已經多久了？」

她說：「他這樣安安靜靜的，有半年了。幸好能恢復到這個地步，先前有整整一年都瘋瘋癲癲的，那時被鍊在療養院裡，而今他再也不會招惹任何人了，只是一直在關心國王和皇后。他原本是個很沉穩的好青年，幫我減輕家計負擔，寫得一手好字，突然間卻變得鬱鬱寡歡，發了一場嚴重的高燒後，就瘋了。現在的他，就是你看到的這樣了。先生，如果我能告訴你——」

我打斷了她，問著：「那麼，他所說的那段美好快樂時光，到底是怎麼回事？」她帶著同情的微笑喊著：「這個傻孩子，他指的是發病那段期間，他總愛拿出來說嘴。他住療養院的時候，可是什麼都不知道了。」她的話有如一記響雷打在我身上，我往她手裡塞了一枚錢幣便匆匆離去。

我一面大喊，一面往城裡奔去：「你曾經很快樂，你曾經像優游自在的魚兒那麼快樂。」老天啊，在人們尚未獲得理智前，以及在人們喪失理智後，祢就注定了他們不幸的命運。可憐的人啊，你在失意喪志、精神錯亂中飽受煎熬，我卻那麼的羨慕你——即使在冬季，你依然滿懷希望出門為你的女王採花，然後因一無所獲而悻悻然，你無法理解為何找不到花；而我卻絕望地出門，沒有目的，然後回家，和出門時沒有兩樣。你以為，如果議會雇用你，你就會如願以償。幸福之人可以把自己的福薄歸罪於世間的阻礙，但在你破碎的心中、錯亂的腦中，卻感覺不到自己的不幸——你的不幸，就連世上所有的國王都無能為力啊！

病人旅行到遠方溫泉勝地療養，病情卻更加重，餘生更痛苦；若有人嘲笑這個病患，那他就不得好死。一個人為了擺脫良心譴責、消解心靈的苦惱，前往聖墓朝聖；若有人嘲笑他，那人就不得好死。在坎坷的路上，每個步伐都會劃破他的腳踝，但這卻是他躁動靈魂的鎮定滴劑，是的，每天堅忍地跋涉，內心的許多困境也將因此漸漸消除。你們這些在安樂鄉中只會說大話的人，又怎能稱此為妄想？

妄想——噢，上帝，祢看到了我的眼淚，祢創造了那個極為可憐的人，但祢非得再為他造一個分擔不幸的難兄難弟不可嗎？非得把他們對祢的一點點信任都奪走不可嗎？博愛世人的神啊，我們之所以相信草根和葡萄酒有療效，全是出於對祢的信任；我們相信祢在我們周遭的萬事萬物，都儲置了療癒與鎮定的能量供我們隨時所需！

我未曾謀面的天父，從前曾讓我心靈充實的天父，現在卻別過頭去不再看我了。請將我召回你身邊吧，別再沉默了，你的沉默無法抵擋我枯竭的靈魂——試想，有個突然返家的兒子上前抱住父親，說：「我回來了，父親，別因我中斷了旅程而生氣，儘管在你看來這趟旅程應該要更長更久。在這世上，到處都需要以勞力換取報酬和歡樂，但對我而言是這樣嗎？對我而言，只有你在的地方才有幸福，在你面前，無論吃苦或享樂，我都願意。」一個身為父親的人聽到這番話，會生氣嗎？而祢，親愛的天父，會拒他於門外嗎？

1772／12／01

威廉，我上一封信跟你提到的那個人，那個快樂的可憐人，他以前是洛蒂父親的書記，曾因親近她而暗戀她，後來因為再也藏不住愛意而被解雇，由此發了瘋。

請從前面這段生硬的文字感受一下——當亞柏特絲毫不以為意地告訴我這個故事時，我是何等的震驚啊！或許，你在讀這個故事時，也和亞柏特一樣無動於衷吧！

1772/12/04

我求求你——你看吧，我完了，我再也受不了了！

今天，我坐在她身旁。她在彈琴，彈著各式各樣的曲調，還有各種情緒的表露，一切……一切——你想怎麼樣呢？她妹妹坐在我膝上打理洋娃娃，我的淚水在眼眶打轉，低下頭，她的婚戒立即映入眼簾，淚水於是潰堤……

她的琴聲忽焉轉成那首美麗的老曲調，是那麼出其不意，一股慰人的暖流淌我心，往日的回憶、從前聆聽這首曲子的時光、鬱悶煩心的片刻、落空的期望，還有當我在房間來回踱步、心中抑鬱教我喘不過氣時……我一個箭步朝她奔去：「天啊，天啊，別再彈了！」她停下來，怔怔地看著我。

她微笑，笑靨滲進了我的心坎，說：「維特、維特，你病得不輕呢，連最喜歡的東西都覺得反感。你回去吧，我求你冷靜一下吧！」

我隨即離開她的視線，而且——上帝啊，祢看到了我的不幸，請祢做個了結吧！

1772／12／06

她的倩影讓我魂牽夢縈，無論是清醒或睡夢中她都盤據著我心。在這裡，當我閉上雙眼，內裡的視力在我前方匯聚，她那雙黑眼睛便會出現，就在這裡——我無從描述起。

只要一闔上眼，她就會出現，她像海洋、像深淵那樣出現在我面前、在我心中，填滿了我所有的感官。

這是誰，這個受到讚美的英雄是誰？在這裡，他不也欠缺了最亟需的力量嗎？無論在喜悅中飛升，或在痛苦中沉淪，在這裡他完全不會被阻擋，不會再退回麻木冷酷的意識中，只因他渴望迷失在無窮的宇宙？

# 編者致讀者

人們相信，不幸的人是受到了邪靈的糾纏——有時候，邪靈會一把捉住我，它不是恐懼，不是慾望，而是內在一陣莫名的咆哮威脅著要撕開我的胸膛，它掐住了我的咽喉，痛啊，好痛！

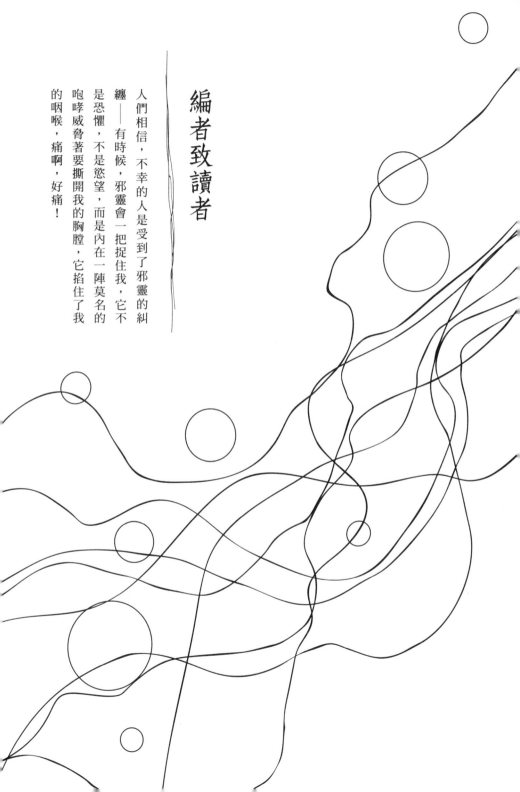

我多麼希望我們的朋友，能在他臨終前值得注意的最後幾天多留下些第一手資料，這樣，我就不需要中斷他遺留下來的書信，另做敘述了。

能否從那些了解他事蹟人們的口中蒐集到正確訊息，這點我很在意。他的故事很簡單，也和所有人的陳述吻合（除了少數細節以外），只是對於當事人的性情，每個人看法不一，評價互異。

我們現有的作法，是娓娓道出費心打聽來的消息，並打開逝者留下的信函，而且不錯過任何隻字片語——尤其當這種事發生在非比尋常的人身上時，個案特有的實際行為動機其實極不易發現。

鬱悶與消沉的情緒在維特心中扎得越來越深，彼此的糾纏越來越緊密，及至漸漸盤據他整個性靈。他內心的和諧被摧毀了，一股內在的激動和暴躁完全打亂他與生俱來的所有力量，並造成極端的反效果，使他精疲力竭——比起從前在種種逆境底下奮鬥的力氣，他更亟欲擺脫這種倦怠。他心中的不安吞噬了他僅存的精力、活力與洞察力，他變成了一個憂傷的同伴，越來越不開心，而且越不開心就越不可理喻；至少，亞柏特的朋友們都是這麼說的。

他們說，維特是個單純安靜的人，享受著他渴望已久的幸福，也想永遠延續這份幸福，卻無法判斷這種作法的後果，就像個每天都在揮霍財產、到了晚上卻挨餓受苦的人那樣。他們也說，亞柏特在這短時期裡並無任何改變，他一直都像兩人初識時那樣。維特很敬重他，亞柏特則愛洛蒂超過一切，非常以她為傲，希望人人都能認同她是最出色的可人兒。但即便洛蒂與維特之間的友誼再純潔，他仍不願陷入與別人分享自己麗人的情況，以免生出種種猜忌，難道他要因此被責怪嗎？亞柏特的朋友都說，每當維特前去拜訪，亞柏特通常不會待在自己太太房裡，這並非出於恨意或反感，只因為他感到倘若自己在場，維特就會顯得意興闌珊。

洛蒂的父親病了，無法出門，亞柏特準備派馬車去接洛蒂。那是個美麗的冬日，初雪像棉絮般落下，白茫茫覆蓋了整片大地。翌日早上，維特跟了過去，他心想，要是亞柏特無法去接她，他就陪她回家。

晴朗的天氣對他陰鬱的心情起不了太大作用，他的心籠罩著一股沉悶的壓力，悲傷的景象在他身邊盤桓，痛苦的念頭纏繞著他。他極為不安，在他看來，別人的狀態也顯得更加可疑而紊亂——他覺得自己破壞了亞柏特夫婦之間的關係，他責怪著自己，但其中還摻雜了對亞柏特的不滿。

途中，維特曾有過這樣的念頭，並咬牙切齒地喃喃自語：「是啊，是啊，這就是親密、和睦、體貼、無微不至的互動，這就是穩固長久的信任嗎？那根本是厭倦與冷漠啊！對他而言，任何一件無關緊要的事，似乎都比他那堅貞美麗的妻子更重要。他知道要珍惜自己的幸福嗎？他知道要給予她應得的尊重和關心嗎？他擁有她，那可好了，他擁有她，這我知道，正如我也知道其他事一樣——我想，我已經習慣這種念頭了。他會把我搞瘋，他會把我害死，這是在考驗他和我之間的友情嗎？難道他看不出來，我對洛蒂的依賴已經侵犯到他權利了嗎？他看不出來，我對她的關注代表著對他的暗中譴責嗎？我很清楚，我感覺得到他並不想看見我，他希望我走得遠遠的，我的出現對他是一種困擾。」

維特常止住他匆忙的步伐，常站著不動，想往回走，卻只能帶著這些念頭喃喃自語地再度往前走；最後，終於不由自主地來到了狩獵行館。

進門時，問候起洛蒂和她父親，但感覺屋裡氣氛有點異樣。洛蒂的大弟告訴他，瓦爾海姆那裡發生了一件憾事——有個農夫被打死了！對於這個消息，維特當下並不以為意。他進到房裡，發現洛蒂正忙著勸退父親，勸他別不顧自己病情，還想趕到事發現場了解原委①——凶手身分不明，死者今天早上被發現陳屍在家門口；據推測，死者受雇於一位寡婦，目前所知在他之前被雇用的那位農夫，因被攆走而懷恨在心。

維特聽完，立刻激動得跳了起來，驚呼：「這是真的嗎？我要過去，一刻也不能等。」他急忙趕到瓦爾海姆，點滴回憶歷歷在目，因為殺人嫌犯就是那個曾和他有過幾次交談、那個他十分看重的年輕農夫。

屍首放在一家客棧門口（要去那兒一定會經過那兩棵菩提樹），居然就在那個他如此喜愛的廣場，真是令人震驚。附近的孩子經常在那道門檻上玩耍，現在上面卻沾滿了鮮血。愛情與堅貞，人類最美好的兩種情感，此時卻演變成暴力與謀殺。粗壯的光禿樹木結了白霜，教堂墓園矮牆邊有道美麗的樹籬，上面葉已落盡，越過樹籬間隙，清楚可見白雪覆蓋了一塊塊墓碑。

來到客棧門口，全村的人都已聚集在那兒，忽然傳來一陣喧譁，人們遠遠地看到一隊武裝的男人，眾人於是叫喊著「凶手被捉到了」。維特朝那方向一望，心中已不再懷疑——沒錯，就是那位深愛著寡婦的年輕農夫，不久前，維特才遇到憤恨不平、絕望透頂的他四處遊蕩啊！

---

① 洛蒂的父親是行政官（Amtmann），這是中世紀德語區特有的官職，兼掌行政管理與法庭兩職。

「不幸的人，你這是做了什麼事啊！」維特叫喊了出來，並朝犯人走去。犯人默默看著維特，最後冷冷說了句：「誰也別想得到她！她也別想得到任何人！」犯人被帶進客棧，維特則匆匆離去。

經歷了這場令人驚駭的震撼，維特心中方寸已亂。剎那間，他從哀傷、煩悶、自暴自棄的情緒解脫出來，一股無法抵擋的同情心襲向他，有股難言的慾望攫住了他——他要去救那個犯人。他感受到了那人的忿怒，他覺得犯人本身如此無辜，他完全可以體會他的心境，因此相信其他人也可以被自己說服。他一心想為犯人說話，最生動有力的辯詞已來到了嘴邊——在趕往狩獵行館途中，他已忍不住把要對行政官說的話，一古腦兒地全咕噥了出來。

當他進到屋裡，發現亞柏特也在，一時間讓他很不自在，但很快便回過神來，急切地把想法全都告訴行政官。行政官搖了搖頭——儘管維特如此熱切地全盤托出，說盡了一切可以為人脫罪的話，行政官依舊不為所動，他並沒有被維特說服，反倒義正詞嚴地反駁他、責備他，說他這是包庇殺人凶手。行政官告訴他，如果真這麼做，無異於罔顧律法，會讓整個國家陷入動盪不安；他還說，在這個案子中，他必得扛下最重大的責任，別無他法，這件事得依照規定和法定程序處理。

維特依舊不死心，懇求著行政官，說要是有人幫助犯人逃亡，就請他睜一隻眼閉一隻眼吧；對此，行政官也拒絕了。此時，亞柏特終於開口，他當然和老人家站在同一邊。維特孤立無援，在行政官又對他說了幾次「不行，犯人罪無可赦」之後，便十分痛苦地離去了。

這些話讓維特多麼傷心啊！我們在他的文件中找到了一張紙條，上面的文字顯然就是他當天所寫，傷心之情展露無遺——「可憐的人，你罪無可赦。我非常清楚，我們全都罪無可赦。」

亞柏特在行政官面前說的那番關於兇手的話，尤其令維特深惡痛絕，因為他覺得話中某些情緒是衝著他來的。但幾經深思熟慮，他敏銳聰穎的天性也認為行政官和亞柏特的話不無道理，但要他承認對他們說的話心服口服，似乎又違背了他內在的本心。

我們也在他的文件中發現了另一張紙箋，維特對亞柏特的想法，或許可從這張紙箋一覽究竟——「就算我一再告訴自己，他是個正直的好人，又有什麼用呢？我的五臟六腑都要碎了，我無所適從啊！」

那個傍晚氣候溫和宜人，露珠正要開始凝結，洛蒂和亞柏特步行返家。途中，洛蒂四處張望，彷彿很想念維特的陪伴。亞柏特開始談論起他，內容語多責怪，卻也不失公允。儘管同情維特情感過激的特質，卻不免擔心可能招致不幸，亞柏特希望盡可能與他疏遠，說：「我之所以希望這麼做，也是為了我們好。我求求你，你聽好，你要改變他對你的行為態度，盡量避免他來訪，別人會指指點點，我已經聽到流言四起了。」洛蒂不發一語，亞柏特似乎洞悉了她的沉默。至少從這個時候起，他便再也不對她提起維特；而她若向他提到維特，他就會中斷兩人談話，或將話題引到別處。

維特試圖拯救那個不幸的犯人，一切卻徒勞，這次的努力彷若他將熄的生命焰光最後一次熊熊燃起，此後他便陷入了更深沉的痛苦與消頹。當他聽說犯人堅持不認為自己有罪、他很有可能被傳喚作證之後，就更加不能自已了。

那些曾在他蓬勃生命中遇見的不如意、在公使那兒經歷的不愉快，以及過往遭逢的挫敗與受到的委屈，此時都在他心中載浮載沉。他覺得這所有的一切讓他有理由灰心喪志，他覺得自己已經沒有指望，覺得任何人拉他一把都無濟於事，他，已無力應付生活中的種種事物。到後來，他沉溺在怪異的感受與思考方式，以及無止盡的激烈情感裡；他攪亂了所愛之人平靜的生活，在對她的苦苦單戀與往來中，漫無目的、毫無希望地耗盡了自己力氣，終至一步步走向悲慘結局。

這裡，我們要安插幾封維特遺留下來的書信，他的迷惘、他的激情，他不眠不休的掙扎與努力，還有他對生命的厭倦，以下書信便是最強而有力的證明——

## 1772／12／12

親愛的威廉，我現在的處境，就是那些不幸的人所經歷過的；人們相信，不幸的人是受到了邪靈的糾纏——有時候，邪靈會一把捉住我，它不是恐懼，不是慾望，而是內在一陣莫名的咆哮威脅著要撕開我的胸膛，它掐住了我的咽喉，痛啊，好痛！然後，我便在這不合時宜的季節裡，在這可怕的夜色中，四處遊蕩。

昨天晚上我不得不出門，因為積雪突然都融了，我聽說河流氾濫成災，所有小溪暴漲，而自瓦爾海姆往下，我喜愛的山谷都被淹沒了。夜間十一點過後，我急急忙忙跑出去，看到了一片可怕景象——月光下，翻騰的洪水從山崖暴衝而下，淹沒了田地、草原、灌木叢和所有的一切，寬闊的河谷在狂風呼嘯中全成了波濤洶湧的汪洋。

後來，當月亮再度出現，停留烏雲上方，眼前的滔滔洪水映著淒涼美麗的月光，這時我先是一陣顫慄，然後生出了一股慾望——啊，敞開雙臂站在深淵前，並向下深深呼吸，再向下，接著便迷失在快意之中，想把煩惱、痛苦都往下拋，讓它們如波浪般在裡頭澎湃翻滾。噢，但腳卻不想抬離地面，也不想終結所有的痛苦——我感覺得到，時辰未到。噢，威廉，我願意像狂風衝破雲層、抵擋洪水那般拋卻自己的生命，哈，如此一來，那個被囚禁在監獄裡的人，也許能分到一些這樣的快樂吧？

我哀傷地往下望，目光停駐在一個小地方——一次燥熱不已的散步途中，我和洛蒂曾在那兒的柳樹下小憩，居然連那裡也被淹沒，我差點就認不出那棵柳樹了。威廉，我想到了她們家的草地，也就是狩獵行館那附近，心想：「我們的小亭子現在已經被猛烈水流沖毀了。」昔日陽光照進我心扉，對囚犯而言，那簡直有如夢到了羊群、草地和榮耀。

我就這麼站著——我不會責罵自己，因為我有了死的勇氣。我應該——但此時卻像個老嫗一樣坐在這裡，像個在籬笆外撿拾柴薪、在門口乞食的老嫗，只為了讓自己垂死黯然的生命獲得片刻延長與喘息。

## 1772／12／14

親愛的，這是怎麼回事？我竟然對自己恐懼了起來。我對她的愛，不是最神聖、最純潔、最像手足之情的嗎？當下是否曾在內心興起一股被懲罰的想望？我不想承認——而今，這些夢——噢，那些把種種矛盾作為歸咎於外力的人們，我真的懂他們的感受。

這一夜，我連說話都打顫了，我擁她入懷，緊緊將她按在我胸膛，並在她囁嚅的雙唇覆上了無盡的吻，我的眼睛沉浸在她醉人的眼中。天哪，就連全心全意回味這份熾熱喜悅之際，依然感受到了幸福，我該受懲罰嗎？

洛蒂、洛蒂，我毀了，我已六神無主，有一個多星期的時間我無法思考，眼裡噙滿淚水，無論身在何處，我都無所謂了。我無望也無求，走了會比較好。

在此情況下，維特告別人世的決心越來越強烈。自從重回洛蒂身邊，總覺得這是他最後的出路與心願；不過他告訴自己，這個舉動不可過於匆忙與心急，他想以最堅強的信念、盡可能沉著的決心來做這件事。

他的疑慮、他的自我論辯，都可從某張紙條看出端倪；這張紙條是從他文件堆找到的，可能是一封要寫給威廉的信，僅開了頭，卻沒有標上日期——

她的身影、她的命運，還有她對我的體諒關心，從我燒糊了的腦子擠出了最後的眼淚。

揭開簾幕，然後走到後頭去，這就是一切了。有什麼好猶豫的呢？只因不知道簾幕後面的光景？只因沒有回頭路？只因我們對注定的一切一無所知？只因想了解這種迷惘與混沌，是我們內在的本性？

到最後，這種悲觀的念頭在維特心中日漸根深蒂固，他心意堅定，且無可挽回。接下來這封意義雙關的信，就是一個證明——

1772／12／20

親愛的威廉，我要謝謝你，你是如此了解我話裡的意思。沒錯，你說得對——我如果走，對我會比較好。

你建議我回到你們那兒去，這個建議我不太想接受，至少很想繞個路再回去，尤其期待過了這段持續低溫寒凍後，才好上路。如果你想來接我，我也會很高興，只不過要請你再等兩個星期，我會再捎幾封信給你；時機尚未成熟就不會有收穫，這點是很重要的。

兩星期左右的時間可以做很多事。請你和我的母親，一起為她的兒子祈禱。對於我帶給她的煩惱，請求她原諒我；對於那些我應該為他們帶來歡樂、卻傷了他們心的人，只能說，這就是我的命。別了，我最信任的朋友，願上天所有恩典都降臨在你身上，別了。

這段期間，洛蒂心裡對自己丈夫、對維特這個憂傷的朋友，又是怎麼想的？以我們對她個性的了解，我們不太敢說；而是否有確切的概念，這也不好斷言。一個擁有同樣美好靈魂的女性，會不會較能看透洛蒂的內心，並從洛蒂的角度設想呢？

唯一可以確定的是，洛蒂下了極大決心要和維特斷絕一切往來。而每當她有所動搖，往往是因為心中又升起一股對維特的保護之情，她很清楚他將會為此付出多大代價，而這對他的個性幾乎不可行。但此時局面逼著她付諸行動，而且逼得越來越緊。亞柏特對她的態度全然保持緘默，正如她也一直都不提此事；她因此越來越在意，想以行動向亞柏特證明她這個做妻子的想法。

就在維特寫了前面引用的那封信、十二月二十日這天，那是耶誕節之前的週日。他在傍晚時分去找洛蒂，發現只有她一人在家——她正忙著整理一些玩具，要送給弟弟妹妹當耶誕禮物。他說，孩子們將會多麼開心啊；還說，如果一打開門就看到妝點著蠟燭、點心和蘋果的耶誕樹，將會是多大的驚喜。

洛蒂以甜美的微笑掩飾尷尬，說：「如果你表現得好，你也會得到禮物，一個小蠟燭和其他的東西。」他大聲地問：「你說表現得好是什麼意思？我算是什麼呢？我該怎麼做才好？親愛的洛蒂！」她說：「星期四晚上就是耶誕夜了，到時弟弟妹妹們都會來，爸爸也會來，每個人都會拿到他們的禮物，那天你也要來——但不要提早來。」維特愣住了。

洛蒂繼續說：「我求求你，就這麼一次。為了我的安寧起見，我求求你，不能這樣，不能再這樣下去了。」他移開目光，一邊在房裡踱步，一邊喃喃地說著：「不能再這樣下去了。」洛蒂察覺自己的話令他陷入了可怕的心境，便試著以各式各樣的問題轉移他思緒，卻徒費功夫。

維特大喊：「不是的，洛蒂，我再也見不到你了！」她問：「為什麼呢？維特，你可以來看我們，你得來呀，只不過要有所節制。噢，你對所碰到的一切事物為什麼總是這麼激烈，總是帶著無法抑制的熱情呢？我求求你，」她執起維特的手，繼續說，「你自制一點吧！你的心靈、你的學識、你的天賦，這些無一不帶給你各式各樣的喜悅。你如果是個男子漢，就別再苦苦依戀那個除了同情你、什麼也不能做的人吧！」他咬緊牙關，哀傷地看著她。

洛蒂一直握著他的手，說：「你冷靜地想想吧，維特，你難道不覺得這是在欺騙自己，存心將自己推下深淵嗎？為什麼是我，到底為什麼，維特，偏偏是我，我已經是有夫之婦了啊，偏偏是我！我擔心……擔心你是因為不可能擁有我，所以才越想得到我。」他呆滯、失神地看著她，同時抽回了自己的手。

維特喊道：「聰明，可真聰明啊！或許這就是亞柏特對我的注解吧，妙啊，妙極了！」她回答：「任誰都可以下這個注解。在這寬廣的天地中，難道就沒有你心目中理想的女孩嗎？立下決心找到她吧，我相信你一定會找到的。我一直擔心，怕你長期局限住自己。你不妨打定主意去旅行、散散心吧，為你的愛情找到值得的對象，然後回來，我們再一起享受真正友誼的恩典吧！」他冷笑道：「你的話，簡直可以被印下來分送給所有老師呢！親愛的洛蒂，你再讓我安靜一會兒，這樣就好了。」她答：「只不過，維特，耶誕夜之前千萬別來啊！」

維特正要答話，亞柏特卻進來了，兩人冷淡地問候著彼此，之後便尷尬地在房裡走來走去。維特先開頭說了些無關緊要的事，但話題很快就結束了。亞柏特也好不到哪兒去，隨即問了太太幾件他交代的事，當聽到事情還未辦妥，便唸了她幾句；聽在維特耳裡，亞柏特的口氣很冷漠，甚至可以說得上嚴厲。維特想走，卻又不能走，就這麼躊躇到八點——他越想越生氣，越想越不滿，等到餐桌都擺設好，才拿起帽子和手杖。亞柏特邀他一起用餐，維特卻認為那只是虛應故事的客套話，於是冷冷地謝絕，走了。

回到家，小廝想為他掌燈，他卻在接過蠟燭後獨自回房去。他放聲大哭，惱怒地自言自語，激動地在房裡踱步，最後終於和衣躺上了床。晚間十一點左右，僕人發現了，鼓起勇氣進去問是否要為他脫靴子。維特讓僕人脫下自己的靴子，並吩咐隔天早上不得進他房間，除非他喊人。

星期一清晨，也就是十二月二十一日當天，他寫了底下這封信給洛蒂，但直到他死後，人們才在他書桌上發現這封彌封好的信，並交給洛蒂。在此，我想插入這封信，從內容可清楚得知維特當時的情況——

1772／12／21

我決定了，洛蒂，我決意一死，就在我最後一次見到你那晚。今早寫這封信時，絲毫沒有情溢於詞的誇張浪漫——只想告訴你，我很平靜。當你讀到這封信時，這個不安的可憐人，僵硬的遺體已經被埋到冰冷的墳墓裡了。他生前這段最後時光，除了和你在一起，他不知道還有什麼比這更甜蜜的了。

我度過了可怕的一夜，啊，也是快意稱心的一夜。這一夜強化、堅定了我的決心，我決意一死。昨晚從你那兒離開時，我心中極為憤慨不滿，彷彿所有的一切都逼迫著我。而在你身邊，我那絕望悲慘的存在，又凶殘冷酷地一把攫住了我——都還沒進到自己房間，我便不由自主地跪了下來，噢，天啊，請將最後一杯以最苦澀眼淚做成的飲料，賞賜給我吧！

我心悲憤地跳動了上千下，浮現了上千個希望，最後它就在那裡，既堅定又完整，那是我唯一、也最終的想法——我要死。我躺在那裡，到了天亮，在平靜中醒來，這個想法依舊堅定頑強地存在我心——我要死。

這並不是絕望，而是深深確定我已經受夠了，我要為你犧牲。是的，洛蒂，我為什麼要隱瞞呢？我們三個人當中，一定要有一個人走，而那個人就是我。噢，我親愛的洛蒂，有個瘋狂的念頭時常蝎蝎螫螫地在我破碎內心潛行，我常常想要——殺了你的丈夫——殺了你——殺了我自己。就是非如此不可。

當你在某個美好的夏日傍晚登高上山，你會想起我，想起我也曾經常爬到山谷上。然後，你會望向教堂墓園搜尋我的墳墓，那裡的風，在落日餘暉中正來回曳動著長長的青草。一開始寫這封信時，我很平靜，而現在……現在卻哭得像個孩子似的，因為這一切光景竟栩栩如生浮現了……

大約上午十點左右，維特喊了僕人。他一邊穿衣，一邊告知，自己過幾天要出門，因此衣服得整得乾乾淨淨的，所有東西也要打包好；還吩咐僕人，結清各處的帳款、要回幾本借出去的書，還有幾個每週固定接濟的窮人，提前將兩個月份的救濟金送去給他們。

他叫人把早餐送到房裡。用過餐後，騎馬前去拜訪行政官，但行政官碰巧不在家。他若有所思地在花園漫步，似乎想最後一次收藏這些傷心回憶。

不過，孩子們沒能讓他安靜太久，他們跟在他後面、跳到他身上，並告訴他明天、明天的明天，然後再等一天，就可以去洛蒂姊姊家拿耶誕禮物了；此外，還說了一些他們小腦袋天馬行空想像出的驚喜。維特大聲地說：「明天、明天的明天，然後再等一天！」他真誠親吻了他們便準備離開，但最小的那個男孩還有悄悄話要告訴他。小男孩偷偷跟他說，哥哥們寫了好多張很棒的新年祝福卡，好多張——一張給爸爸，一張給亞柏特和洛蒂，還有一張是給維特哥哥的；等到元旦那天一早，他們就會把卡片分送給大家。這令維特感動不已，他送給了每個孩子一些東西，然後跨上馬背，要他們代他向老人家問好，便含淚離去。

他約莫下午五點回到家，吩咐女僕看好火爐，讓爐火維持到深夜。要僕人把書和衣服都收進樓下的行李箱，將大衣收進衣套中。或許就在這個當下，他寫下了給洛蒂那封信的另一個段落——

（續）1772／12／21

「你沒料到我會來吧！你以為，我會乖乖等到耶誕夜才來見你。噢，洛蒂，今天見不到，就永遠見不到了啊！到了耶誕夜，你就會顫抖地拿著這封信，信紙將被你可愛的淚珠濡濕。我想要這麼做，我得這麼做，噢，當我下定決心之後，是多麼的暢快！」

此時，洛蒂陷入一種特殊的心緒——昨晚和維特談過後，她覺得與維特分開心情備感沉重；而要維特與她保持距離，也會讓他痛苦不堪。那天，亞柏特進房之際，洛蒂正若有似無地告訴維特，耶誕夜之前不該再出現在他們家了。之後，亞柏特便騎馬到鄰鎮找一名官員談公事，而且得在那兒過上一夜。

她一個人坐著，沒有弟弟妹妹在身邊，她放任思緒繞著自己的處境打轉——她看見自己和亞柏特永結連理，接受了他的愛情與忠誠，真心地愛著他，他的穩重與可靠正如天意注定的那樣，這是一個女人幸福人生的基礎。她覺得，對自己、還有弟弟妹妹而言，亞柏特是他們永遠的依靠。

但從另一方面來看，維特在她心中占有舉足輕重的地位，打從認識的第一刻開始，他倆的性情就十分契合，兩人的友誼因而持續至今，兩人所共同經歷的一些事更在她心上留下了不可抹滅的印象。舉凡她覺得有趣好玩的一切，無不習慣與他分享；而他的離去，等於逼迫自己從完整的生命抽出一塊……一塊再也無法彌補的缺憾。噢，她多麼希望此刻能將維特變成自己的兄長，這樣一來，她會有多麼快樂。她會讓他和自己的一位好友結婚，她多麼希望能這樣，這樣一來，維特和亞柏特便能重修舊好。

仔細想過自己的每一位女性朋友、從每個人身上都挑出一些缺點之後，她發現竟找不出一個和維特匹配的女孩。經過這一切的思索她才深深感覺到，根本無須明講，她內心無疑有個不能說的渴望，那就是——她要把維特留給自己；但她也告誡自己，不可以、也不該把他留給自己。她單純美好、靈巧不糾結的性情，此時竟籠罩著一股憂鬱，阻撓了她對幸福未來的想望——她，內心抑鬱，眼前一片昏黑。

到了晚間六點半，她聽見維特上樓的聲音，立刻認出那是他的腳步聲，以及叫喚自己的聲音——她的內心是多麼激動啊！我們差不多可以說，這是她第一次在維特到來時如此激動。她很想假裝不在家，可是當他進來時，又以一種激動的迷惘朝著他喊：「你沒有遵守約定。」他回答：「我並沒有做任何承諾。」她說：「你至少要同意我的請求，我求你，讓我們兩個都靜一靜吧！」

她派人去請一些女性朋友來，以避免和維特獨處，這段期間她並不太清楚自己說了什麼，也不知道自己做了什麼。維特將自己帶來的書放下，又問起了另外幾本；洛蒂則忐忑不安，一下子希望朋友快來，一下子又希望她們不要露面。女僕回來了，告訴她，兩位朋友都不克前來。

她想叫女僕到隔壁房間做女紅，又改變了主意。維特在房裡走來走去，於是她走到鋼琴前彈起小步舞曲，卻彈得斷斷續續，試著自持。而當維特坐到那張他慣坐的長沙發時，她已然平靜地來到他身旁坐下。

她問：「你不看書嗎？」他手邊並沒有書。她又開口：「我抽屜裡有幾篇你翻譯的莪相詩歌，我還沒讀過，因為一直希望聽你親口朗讀，卻沒能找到機會。」他面帶微笑拿來了詩稿。詩稿拿在手上時，他感到一陣寒慄，當開始閱讀已然熱淚盈眶。他坐了下來，開始朗誦——

薄暮的星辰，你在西方發出美麗的閃光，從雲間抬起你閃耀的頭，雄赳赳地越過你的山丘。你望向原野的何方呢？狂風已經平息，遠方湍急的山澗在雨後傳來淙淙水聲，翻騰的波浪拍打在遠處岩石上，成群的夜蚊在田野上嗡嗡作響。美麗的星光，你照往何方？你微笑地移開了，浪花欣然環抱著你，洗滌你的秀髮——珍重再見，靜謐的光輝。莪相，請綻放你那莊嚴的靈魂之光吧！

靈魂之光於是顯現。我看到了久違的朋友們，他們一如往昔聚在羅拉平原上——芬恩格爾來了，像根潮濕的霧柱；他的英雄們環繞著他，看啊，那些唱歌的宮廷詩人如白髮蒼蒼的烏林、雄壯的萊諾、歌聲優美的阿爾平，還有你，柔聲哀泣著的米諾娜。我的朋友們，在塞爾瑪的慶典上，我們追求歌唱的榮耀，歌聲如春風拂過山丘，讓耳語的小草輪番彎下了腰。自此別後，你們為何都變了樣？

此時，雙眼含淚、目光沮喪的米諾娜，身姿婀娜地走上前來，山上的風徐徐吹來，微微撩過她的秀髮。她悅耳地高唱著，英雄們則在心底黯然神傷——他們時常瞥見沙爾加的墳墓，也時常看見白皙的可爾瑪那陰暗的住所。嗓音和潤的可爾瑪孤單留在山上，只因沙爾加曾經承諾她會回來；而今夜色蒼茫，請你們傾聽可爾瑪的歌聲，她正孤零零地坐在山上啊——

## 可爾瑪

夜已降臨，我孤獨地在風雨飄搖的山上迷了路。狂風在山裡呼嘯，河流滾滾不絕地衝下山崖。我這個被遺棄的人，獨自在疾風勁雨、無可遮避的山上。

噢，月亮啊，請從雲間露臉吧；夜裡的星星啊，請綻放光芒吧！給我一道光，引領我到愛人身邊吧！他一定是因為狩獵，疲憊至極地在某處休息，他未張的弓還擱在旁邊，他的狗仍在周圍嗅聞著。可是，現在我卻獨坐在這激流恣肆的山崖上，山洪和風雨齊聲呼嘯，我聽不見愛人的呼喚。

我的沙爾加為何躊躇不前？他是否忘了自己的承諾？——那兒的岩石和樹木，還有這裡滔滔不絕的河流，你說過，入夜後你就會在這裡；啊，我的沙爾加迷路到哪裡去了呢？我想和你一起逃跑，遠離父親與兄弟，遠離這兩個驕傲的人，雖然我們兩家是世仇，但我倆並不是敵人，噢，沙爾加。

風兒啊，請靜一靜吧，稍稍安靜片刻。噢，河流啊，讓我的聲音傳遍山谷，讓我的旅人聽見我的呼喚吧！沙爾加，是我啊，我在這裡呼喊著，這裡有樹木和岩石；沙爾加，我的愛，我在這裡，你為何躊躇不前呢？

看啊，月亮出來了，洪水在谷中閃閃發亮，灰色岩石矗立山丘；我從高處卻看不見他，他前方的愛犬並未捎來他返家的消息。我只能孤獨地坐在這裡。

可是，那是誰？那些躺在下方那片荒原上的人是誰？是我的愛人嗎？抑或我的兄弟？說話呀，噢，我的朋友們，他們全都沉默不答。我提心吊膽。啊，他們都陣亡了，他們的劍因格鬥而濺上斑斑血跡。噢，我的兄弟、我的兄弟，你為什麼要殺了我的沙爾加？噢，我的沙爾加，你又為什麼殺了我的兄弟？你們都是我最親愛的人哪！噢，山丘上的你英姿千中選一，你在戰場上驍勇無敵。回答我啊，聽聽我的叫喚，我最親愛的人啊！可是，啊，他們聽不到，永遠都聽不到了，他們的胸口已經和泥土一樣冰冷了。

噢，逝者的魂魄，從山丘上的岩石、從風雨交加的山巔說話呀；說話呀，我不會害怕的。你們要上哪兒安息呢？群山中的哪個墓穴才能找到你們？在風中，我聽不到半點微弱的聲息；在風雨交加的山丘上，我聽不到任何悲痛的回應。

我絕望地坐著，在淚水中期盼明天的到來。死者的朋友，請你們掘好墳塋吧，但在我抵達之前，可千萬別把墳填上。我的生命如夢境般漸漸消逝，我怎能留下。我要和朋友們住在這岩石咯咯作響的河邊——當夜色降臨山丘，風掠過荒原之際，我的魂魄會佇立風中，為我死去的親人致哀。獵人從他的亭子裡聽見了我，對我的聲音又愛又怕，只因我哀悼親人的聲音如此甜美，他們，都是我最親愛的人啊！

噢，米諾娜，托爾曼最溫柔嬌羞的女兒，這就是你的歌！我們為可爾瑪落淚，我們的心為她而哀傷。

烏林抱著豎琴站上前來，為阿爾平伴奏。阿爾平嗓音親切，萊諾內心熱情如火，可是他們都已長眠在湫隘的屋子裡，他們的歌聲漸漸消散在塞爾瑪。

這些英雄倒下之前，烏林有次獵畢歸來，聽見他們在山丘上競唱，歌聲輕柔哀戚，他們在為莫拉悲唱——他是英雄中的英雄，靈魂和芬恩格爾一樣勇敢，劍和奧斯卡的不相上下。可是他倒下了，他的父親痛哭失聲，他的妹妹淚眼潸潸；米諾娜眼裡噙滿淚水，她是英雄莫拉的妹妹，她在烏林開唱前退下，如西面的明月預知暴風雨將至，而將自己的臉埋進了雲裡。

我和烏林，一起彈奏著豎琴，應和這首悲歌。

## 萊諾

風雨已經平息，正午時分晴空萬里。雲都散了，反覆無常的太陽斜照在山丘上，烈日下的山澗在河谷中流淌而去。河流啊，你的涓涓細語多麼甜美，可是我聽到的聲音更為動人，那是阿爾平的歌聲，他正在為死者哀泣。他的身軀因年老而佝僂，他淚眼通紅。阿爾平，你這卓爾不群的歌者，為什麼形單影隻地在這沉默的山丘上？為什麼你像林中的陣風、像遠岸的波浪那樣哀傷？

## 阿爾平

萊諾，我為逝者流淚，我為墓穴裡的居民哀歌。山丘上的你身材如此頎長，你是荒野之子中的精英，卻也將如莫拉一樣倒下，將有哀悼之人坐在你墳塋上。山丘會忘了你，你未上弦的弓將躺在大廳裡。

噢，莫拉，你在山丘上和野鹿跑得一樣快，像夜空中的火焰那樣令人震懾。你的怒意如一場風暴；戰場上，你的劍好似荒原裡的閃電，你的聲音彷彿林中雨後的河流，如遠山上的雷鳴——有人倒在你的劍下，你的怒火吞噬了他們。可是當你自沙場返家，眉宇間又是那麼的和藹慈祥；你的面容像雨後的驕陽，像靜夜裡的月亮；你的心好比狂風停止咆哮的湖泊，平和且靜謐。

而今你的住處湫隘狹小，你的居所陰暗昏黑——你的墓穴只有三步長，噢，你曾經那麼的偉大。四塊長滿青苔的墓碑是對你唯一的紀念，光禿禿的樹木和長長的青草在風中低語，朝獵人目光透露這裡就是強大的莫拉之墓。你沒有可以為你哭泣的母親，沒有可以為你流淚的愛人，只因生育你的母親已經離世——啊，莫格蘭的女兒已死去了。

那個拄著拐杖的人是誰？那個白髮皤然、哭紅雙眼的人是誰？那是你的父親，噢，莫拉，你是他唯一的兒子。他聽到你在戰場上的威名，他聽說敵人潰散逃逸，他聽聞了你的聲望。啊，他沒聽說你身負重傷嗎？哭吧，莫拉的父親，哭吧，可是你兒再也聽不到了。亡者已深深睡去，枕上落滿了塵土。他再也聽不見你的聲音了，永遠無法因為你的呼喚而甦醒。噢，墓穴中的天明何時來臨？何時才能喚醒熟睡的你？

永別了，最高貴的人，你是戰場上的征服者。可是，這片田野再也見不到你的英姿，枯萎的樹林再也見不到你明晃晃的利劍。你沒留下孩子，可你的歌聲將讓你名留青史，後世將聽到你的歌聲，聽聞那位捐軀沙場的莫拉——

為英雄哀悼的人們哭聲震天，阿爾明的嘆息更是響徹雲霄，他想起死去的兒子，那英年早逝的愛子。聲名遠播的迦爾瑪領主卡爾莫，坐在這位英雄旁邊，問：「阿爾明你為何哀嘆啜泣？有什麼好哭的呢？曲調和歌聲不是能融化人心並振奮心靈嗎，就像從湖面蒸騰至山谷的閃閃薄霧，能濡濕盛開的花朵那樣，只是太陽高升後，霧便散了。阿爾明，島國戈兒瑪的君主，你為何如此哀傷？」

阿爾明答：「哀傷，我的確很哀傷，但我卻有哀傷的理由。卡爾莫，你不曾體會喪子之痛，不曾失去如花似玉的女兒。勇敢的柯爾嘉和美麗的安妮拉依然在你身邊，噢，卡爾莫，你的家族興盛，可是我阿爾明卻後繼無人。

「噢，桃拉，你的床畔昏暗，你在墓穴中睡得如此深沉，你何時才會跟隨自己的歌聲、你悅耳的歌聲甦醒呢？吹吧，秋風，吹吧，吹過陰沉的荒原。森林裡的河流，怒吼吧。橡樹梢的暴風雨，咆哮吧。噢，月亮，穿過破碎的雲層露出你蒼白的臉吧。我想起那個可怕的夜晚，我魁梧的亞霖達倒下，我親愛的桃拉也香消玉殞。

「桃拉，我的女兒，你美麗的容顏如弗拉山上的明月，白皙如飄落的雪，甜美如輕風；亞霖達，你的弓弩強勁，你的長矛在戰場疾飛，你的眼神如波浪上的迷霧，你的盾牌可比暴風雨中火紅的雲朵。

「戰功彪炳的阿瑪爾來到這裡，拜倒在桃拉石榴裙下，而桃拉接受了他的愛；

她的朋友都滿心期盼他們的佳期。

「奧德嘉爾之子伊拉特卻在怒吼，他的兄弟死於阿瑪爾劍下。歲月讓他的鬢髮蒼白，嚴肅的面龐卻顯得平靜安詳，伊拉特偽裝成了船伕，從小舟乘浪而來。他說：『最美麗的姑娘啊，阿爾明可愛的女兒，在汪洋中一處不遠的山崖上，有棵樹的紅色果實閃閃發亮，阿瑪爾正在那裡等你，我來引領他的愛人度過這片洶湧汪洋。』

「於是她跟隨他，並呼喚著阿瑪爾；但除了岩石的聲音，沒有任何回應。『阿瑪爾，我的愛，我的愛啊，你為什麼要這樣讓我擔心受驚？你聽啊，阿納特之子，你聽，桃拉在這裡呼喚你呢！』

「伊拉特這個叛徒，狂笑著逃向了岸邊。桃拉提高音量，呼喊著父親與兄弟：『阿爾明、亞霖達，沒有人來拯救桃拉嗎？』

「桃拉的聲音飄過了海洋。我的兒子亞霖達從那山上下來，勇猛地追捕獵物，箭矢在他身邊錚鏦作響，他手上握著弓，五條獵狗為他護駕。他瞥見岸邊一時大意的伊拉特，一把抓住了他，將他綁在橡樹上，綑住他的身軀，任那受縛之人的呻吟在風中迴盪。

「亞霖達乘著他的船破浪航行，帶回了桃拉。此時，阿瑪爾怒不可抑地來了，他放出灰色羽箭，嗖的一聲，噢，亞霖達，我的兒子，箭竟射入了你的心，而非伊拉特這叛徒的心上——你倒下了，船抵達崖邊，亞霖達倒地身亡。噢，桃拉，你兄弟的血朝你的腳邊流去，你該有多悲傷啊！

「海浪打壞了船，阿瑪爾縱身往海裡一躍，不知是為了拯救桃拉或只求一死。山上颳下一陣疾風，打在浪頭上，他下沉後，再也沒浮出海面。

「我聽到女兒孤零零地坐在山崖上哀號，她嚎啕大哭，父親卻沒法拯救她。我在岸邊佇立了一整夜，看見微弱月光下的她徹夜哀號。狂風怒吼，大雨狠狠打著山側。她的哀號聲漸弱，天明前，已如晚風穿過岩間蔓草般逝去了。她哀傷而死，只留我阿爾明一人在世上。我的沙場勇士已經離世，我那豔冠群芳的驕女亦殞歿。

「每當山裡的暴風雨降臨，每當北方的浪濤高舉，我就會坐在回音繚繞的岸邊，望著那座可怕的山崖——明月西沉之際，我經常看見自己兒女的幽魂若隱若現，悲傷的兩人正和和睦睦地四處遊蕩著。』」

洛蒂淚如雨下，她抑鬱的心得到了紓解，也因此中斷維特的朗誦。他丟開詩稿，握住洛蒂的手，落下自己最痛苦的淚。洛蒂靠在他另一隻手上，用手帕掩住自己的雙眼，兩人是那麼的激動啊！他們從詩歌中這些崇高角色的命運，感受到自己的不幸，心有戚戚焉地交織著眼淚。維特的雙唇和雙眼在洛蒂的手臂上燃燒著，忽然，她打了個寒顫想要逃開，但痛苦和同情卻像鉛塊般壓得她暈眩麻木。她深吸一口氣，讓自己回過神，哽咽地央求他繼續往下讀，以她那天堂般的聲音懇求著。維特在發抖，他的心都要碎了，拾起詩稿，他斷斷續續地唸著——

「春風啊，你為何要喚醒我？你嫵媚地說：『我要以天上的甘露滋潤你。』但我凋零的時刻近了，暴風雨將會打落我的葉片。明天有位旅人將至，他曾見過我美麗的容顏，他的雙眼會在田野中尋找我，可是卻再也找不到了——」

這些詩句的全副力道落在了維特身上，這不幸的人身上。他徹底絕望，倒身在洛蒂面前，握住她的手，先按在自己的雙眼，然後移上了額頭。洛蒂似乎預感到他可怕的自殺意圖，這種感覺不知怎地掠過她心頭，她迷亂地緊握他的手，放到自己胸前，哀傷地朝他彎下身子。他們灼熱的臉頰相碰了，周遭的世界都與他們無關了。他擁她入懷，將她按在自己胸膛，並在她顫抖哆嗦的雙唇覆上狂熱的吻。

她快要窒息地叫喊著：「維特！」然後轉過身去，喊著：「維特！」她使勁地想推開他，便正色道：「維特！」他鬆開了對她的擁抱，無意識地倒在她跟前。她倏然起身，局促而不知所措，愛意與怒意讓她全身顫抖，說：「這是最後一次了，維特，你再也見不到我了。」她愛憐地看著這個可憐的人，隨即匆忙跑進隔壁房間，並把門關上。

維特朝她伸出雙臂，卻不敢攔她。他坐在地上，頭枕著長沙發，就這樣過了半個多小時，直到一陣聲響吵醒了他——女僕正準備擺飯。他在房裡走來走去，等到再度剩下他一人，走到門邊輕聲地說：「洛蒂、洛蒂，我還有一句話要說，那就是——永別了！」她沒有回應。等了半晌，他又哀求她；再過了半晌，他轉身離去，並大聲地說：「再會了，洛蒂，永別了！」

維特來到城門，守衛早已認得他，未經盤問便讓他出了城。他在雨水和雪花之中狂奔，直到深夜十一點左右才回到家。僕人發現他遺失了帽子，也不敢多問什麼，只能幫他脫下外衣——他渾身都濕透了。後來，人們在一處面朝河谷的山坳岩石找到他的帽子，令人百思不解的是，他何以能在風雨交加的暗夜，攀上這個懸崖，卻沒有摔落下去？

他躺上了床，睡了很久。隔天早上，僕人在他的叫喚下送了咖啡進來，發現維特正在寫信，就是底下這封繼續寫給洛蒂的信——

（續）1772／12／21

最後一次，這是我最後一次睜開雙眼，啊，我的雙眼再也見不到太陽了，只因混沌迷濛的白日已遮蔽了它們。大自然，哀悼吧，你的兒子、你的朋友、你的愛人就要接近生命盡頭了。

洛蒂，這是一種前所未有的感覺，一開始就像朦朧的夢境，我對自己說：「這是最後一個早晨了。」最後一個了，洛蒂，對於「最後一個」這個詞我竟然無感，我不是正以全副力量站在這裡嗎？而明天我就會直挺挺地躺著，然後長眠地底。

「死亡」——這是什麼意思？每當我們談到死亡就彷彿在做夢。我看過一些死去的人，我們人類的能力如此有限，在生命的開始與終結之際，竟然一點知覺也沒有。此刻，我的生命、你的生命（噢，愛人啊！）瞬間分開與別離，也許永無再見之時？不，洛蒂，不要，我怎麼可以消逝，你怎麼可以消逝，但我們都會消逝啊！「消逝」——這是什麼意思？這又是另一個空洞的語詞，我心對此無感。

洛蒂，死亡，是被冰冷泥土嚴嚴實實地掩埋，裡面是這般狹窄、這般幽暗。我曾有過一個女友，她是我徬徨少年時的一切；她死去時，我隨她的棺木來到墳邊，看著棺木入土，下面的繩索被抽離，然後向上彈起；第一鏟土隆隆落下，接下來的聲響越來越低沉、越來越低沉，最後終於完全填滿。我在墓旁倒了下去，激動、震撼、不安、心碎，不知道自己怎麼了——啊，我將會如何，「死亡」、「墳墓」，我不懂這些語詞的意義。

噢，原諒我，原諒我吧！昨天，昨天就是我生命的最後一刻，噢，你這個天使！毫無疑問地，第一次……第一次有股喜悅從我內心最深處油然而生——她愛我，她愛我。在我的唇上，從你口中傳遞出的聖焰灼熱依舊，一股全新而溫暖的喜悅在我心頭。原諒我，原諒我吧！

啊，從你的第一個充滿靈性的眼神，從我們第一次握手，我就知道……我就知道你是愛我的。可是當我不在你身邊，當我看到你身旁的亞柏特，我又會焦灼地疑心，並且失去信心。

有一次我們參加了一場要命的聚會，你無法和我說話，無法和我握手，於是送了我一束花，你還記得嗎？噢，我有大半個夜晚都跪在這束花前，只因它證明了你對我的愛。可是這些印象已成過往雲煙，就像上帝將神聖具體的恩典賜予祂的信徒，而這種天堂般的感受也會日漸從信徒心中消失那樣。

一切都已成往事，可是，昨天在你唇上享受到、從我心深處體會到的熾熱生命，永遠都不會消逝——她愛我。我曾擁她入懷，我的唇曾在她唇上顫抖，在她嘴上哆嗦——她是我的，你是我的，是的，洛蒂，你永遠都是我的。

但亞柏特卻是你丈夫，這是怎麼回事？丈夫！我愛上了她，想從丈夫懷中搶走她，在這世上，這到底是——是一種罪過。罪過？好吧，是我自找罪受，我已將生命的良藥和力量吸取至心中，就讓我在天堂般滿滿的喜悅中品嘗罪過吧！從現在開始，你就是我的，我的……噢，洛蒂，我要別過了，我要到我的天父、到你的天父那裡去②。我將對祂傾訴，而祂會安慰我，直到你來；我會朝你飛奔而去，一把抱住你，並在無所不在的天父面前永遠陪伴你、擁抱你。

我不是在做夢，也沒有在妄想，離墳墓近一點才讓我更加明白一切。我們會再相見，我們會的，我們會見到你的母親，我會見到你的母親，我將會找到她。啊，我會向她傾訴我全部的心聲，因為你母親就是你的化身。

大約上午十一點鐘，維特問僕人，亞柏特會不會已經回來了？僕人回答「是的」，他看見他騎馬經過。於是，維特給了他一張沒有彌封的紙條，內容如下——「我計畫要去旅行，你是否願意借我手槍？珍重再見！」

亞柏特可愛的妻子則在這最後的夜晚睡得很不安穩，她所害怕的事已成定局，以一種她無法預料、又無從擔心的方式成了定局。她體內那一向平靜流淌的血液，此時燥熱沸騰了起來，千般滋味啃噬著她美麗的心——那是胸口因感受到維特的擁抱，而激起了火花嗎？或是對他莽撞舉動產生了反感？或是想起自己過去那種毫無顧忌的天真、問心無愧的自信，已為人妻的她竟和其他男性互動曖昧，想來便有點羞愧，甚至惱怒自己？而她又該如何面對丈夫？如何招認一件她理應坦承、卻沒有勇氣說的事？

她和亞柏特已經好一陣子沒說話了，她是否應該先打破沉默？並且在這不

---

②《聖經・約翰福音》第十四章第二十八節：「你們聽見我對你們說了，我還要去到你們這裡來。你們若愛我，因我到父那裡去，就必喜樂，因為父是比我大的。」

恰當的時機，告訴他這件出人意料的事？光是維特又來過家裡一事，她就已擔心會令他不快了，更何況是那場突如其來的災難！她還能期望，丈夫毫不偏頗地看待她、毫無偏見地接納她嗎？她還能期待，丈夫看懂自己的內心嗎？她在丈夫面前從來都如水晶玻璃般坦然無隱，從不曾對他隱瞞任何感受，也無從對他隱瞞起，現在她如果想佯裝，做得到嗎？

種種的一切都讓她憂心忡忡，教她陷入兩難。而她總是一再想到維特，他已經為她付出了那麼多，她無法拋下他，只可惜——她——得讓他走。可是對他來說，要是失去了她，他就一無所有了。

此時，她所無法釐清的一切、她和亞柏特陷入的僵局，對她而言是多麼沉重啊！兩個如此善解人意的好人因某個嫌隙而不再交談，彼此都只顧念著自己和對方的不是，導致關係變得錯綜複雜，針鋒相對了起來——在這舉足輕重的敏感時刻，這兩人的心結更不可能解開了。要是對彼此的信任感可以早點拉近他倆，互敬互諒且敞開心扉，或許我們的朋友還有一線生機。

此外還有一個特殊狀況。從維特的信件來看，我們都知道他並不諱言渴望離開人世——亞柏特時常和他爭論這個話題，洛蒂和丈夫也不時談及此事。亞柏特對自殺行為深惡痛絕，他一向不是個心思細膩的人，卻經常敏銳地讓洛蒂知道，他懷疑維特的這個決心到底有多認真，甚至還跟洛蒂開玩笑，說他不相信維特會這麼做。因此，儘管洛蒂腦海曾閃過這悲慘的景象，亞柏特的話卻讓她放心不少，但另一方面，這麼一來，她就更不敢告訴丈夫，自己正如坐針氈地掛心著這件事。

亞柏特回來了，洛蒂尷尬匆忙地迎上前去。他心情不佳，因為公事並未辦妥，他覺得鄰鎮的行政官是個冥頑不靈、氣量狹小的人；此外，路況不佳也讓他十分火大。

他問家裡有沒有什麼事，她倉皇回答昨晚維特來過了。他又問，有沒有他的信，洛蒂回答有一封信，還有幾個包裹，全都放他書房裡了。他遂進了書房，她則仍留在原地，想著——這個她又敬又愛的丈夫，此刻已在她心中烙下了全新印象。想到他的寬宏大量、他的愛與體貼，就讓她情緒緩和許多。她覺得有股無形的拉力將自己拉進了他房裡，便如往常一樣帶著手邊的女紅也進了書房。她發現他正忙著打開包裹以及讀信，其中似乎有些令人不快的內容。她問了幾個問題，他僅簡短地回答，便坐到書桌前寫起信來。

他們就這樣度過了一個小時，洛蒂卻越來越鬱悶。她覺得即使在丈夫心情好的時候，要向他透露一直掛在心上的那件事都已經很困難了，何況是現在。她試著隱瞞下來、吞進了眼淚，卻也陷入哀傷之中，由此更加不安起來。

這會兒，維特的小廝來到家裡，更是讓她難堪至極。小廝將紙條交給亞柏特，亞柏特若無其事地轉身對妻子說「把手槍給他」，又對小廝說「我祝他旅途愉快」。這簡直是晴天霹靂，她搖搖晃晃地站起來，不知道自己怎麼了。她慢慢走向牆邊，顫巍巍地取下武器，拭去上面的灰塵，猶豫不決著——若非亞柏特以質疑的眼神催促著，她或許會遲疑得更久吧！她將這人間凶器交給了小廝，一句話也說不出。小廝離開後，她收拾了手邊的工作，回到房裡，兀自感到極度不安。她的內心預示了所有可怕的一切。她想立刻跪在丈夫跟前，坦承昨晚發生的種種，坦承自己的罪過，以及心中不祥的預感。一尋思，便發現這種作法沒用，要說服丈夫上維特那兒去一趟，可說希望渺茫。餐桌已經擺好了，有位來詢問點事的好友原想告辭，卻留了下來，席間的閒談讓她好過不少；大夥都打起精神談天說地，便稍稍忘卻了煩心的事。

小廝帶著手槍回去。當維特得知手槍是洛蒂親手所交，便喜出望外地收下了。他叫人送來麵包和葡萄酒，要小廝也去用餐，自己則坐下來寫信。

（續）1772／12／21

「手槍是你親手所交，而且還拂去了上面的塵埃，我吻了它上千次，只因它經由你的手。而你，天使啊，成全了我的決心；是你，洛蒂，將這把手槍交給我；是你啊，我願在你手中迎接死亡，啊，我就要去了！噢，我細細問過小廝，當你把手槍交給他的時候，你在顫抖，你沒有道別——唉，唉，連一聲再見也沒有啊——是不是因為那個瞬間，那個讓我再也離不開你的瞬間，致使你對我封閉了心房？洛蒂啊，千年萬年也無法磨滅我對你的印象！而我感覺得出來，對於一個如此愛你的人，你是無法恨他的。」

用過餐後，維特要小廝把所有東西打包好。他碎掉了許多文件，出門處理了幾筆小額債務。回家之後又冒雨出門，來到城門前的伯爵花園，在附近四處流連，又隨著夜幕降臨而返，然後提筆寫信——

威廉，這是我最後一次見到田野、森林和天空了。我也要向你別過了。親愛的媽媽，請原諒我；威廉，你要好好地安慰她。願上帝保佑你們。我的東西都已安排妥當，永別了。我們會再相見，而且會更快樂。

亞柏特，請原諒我以怨報德，破壞了你家庭的和諧，讓你們夫妻互相猜忌，我要結束這一切，再見了。噢，亞柏特，但願我的死能帶給你們歡樂。亞柏特，要讓這個天使幸福，上帝會降福給你。

那天晚上，維特又在文件堆中翻找許久，碎掉了很多紙張，並丟進火爐裡；幾個指定要給威廉的包裹都已封好，裡面是幾篇短文和未完結的隨筆，我曾看過其中幾篇。到了晚上十點鐘，他替爐子添了火，叫來一瓶葡萄酒後，便遣僕人上床歇息去了。

這名僕人的房間和其他僕役的睡房一樣，都在房子外面很後頭的地方；僕人和衣而睡，以便隔天起床可以立即幹活，因為主人說，驛馬車一早六點之前就會來到門口。

## （續）1772／12／21

夜晚十一點過後。

我身邊的一切如此寂靜，我內心也很平靜。感謝祢，上帝，在這最後的時刻仍賜予我溫暖和力量。

我走到窗邊，我最好的朋友，我看到了，從翻騰飛馳的雲間我看到了永恆蒼穹的幾點明星。不會，你們不會隕落，永恆的天父會將你們、也會將我捧在祂心上。我看到了北斗七星，它是所有星座中我最喜歡的一個。每當夜裡我從你家離開、踏出大門之際，它就在我頭頂上方；我經常如癡如醉地望著它，常常高舉雙手，想讓它成為我當時幸福的標記，成為神聖的象徵。還有（噢，洛蒂，什麼都能讓我想起你）——你的身影無所不在，而我就像個孩子似的，只要是神聖的你所碰觸過的一切，我都會貪婪地抓到身邊來。

洛蒂，這幅可愛的剪影留給你，請求你好好珍惜。每當出門或回到家，我就會在上頭印上無數的吻，獻上數不清的問候。

我寫了一張紙條給你父親，懇請他保護我的遺體。教堂墓園後方有個面向田野的角落，那裡種了兩棵菩提樹，我希望能在那裡安息。你父親可以、也會願意為他朋友料理後事的，也請你求求他吧——因為我知道，虔誠的基督徒並不希望身邊躺著不幸的可憐人。啊，我倒希望你們將我葬在路旁，或葬在寂寞的山谷裡，這麼一來，當祭司和利未人從做了記號的石頭前方走過時，他們將在胸前畫十字，而撒瑪利亞人則會流下眼淚③。

洛蒂，在這裡，我要從這個高腳杯飲下死亡的快感，我無所畏懼地拿起這個冰冷可怕的酒杯。這杯酒是你遞給我的，我毫不遲疑地接了過來④。一切……一切，如此一來，我人生的所有心願與希望都滿足了，我可以冷酷麻木地去叩死神的鐵門了。

洛蒂，為你而死是我的幸福，我要為你犧牲。倘若我的死，能讓你重新恢復平靜歡樂的生活，我願意勇敢無懼、甘之如飴地赴死。啊，像我這樣崇高的人著實少之又少，願為自己人流血，犧牲生命只為了讓朋友過得好上千百倍。

洛蒂，我要穿著這身服裝入殮，只因你曾碰觸過它，使它變得神聖；我也對你父親提出了同樣的請求。我的靈魂會在靈柩上方飄遊，請別讓人翻動我的口袋，裡頭有你的淺紅色蝴蝶結——我們相識之初，在弟弟妹妹圍繞下的你，胸前便是別著它。噢，請你給弟弟妹妹千千萬萬個吻吧，並告訴他們關於這可憐朋友的命運與一生；他們總是圍繞著我，正如我見過你之後再也離不開那樣。我要這個蝴蝶結陪我下葬，那是你送給我的生日禮物。我要怎麼將這所有的一切帶走，啊，真沒想到會走到這步田地。請你冷靜，我求你，冷靜一點吧！

子彈已經填好了，十二點的鐘聲響了，就這樣吧！洛蒂、洛蒂，永別了，永別了！

有位鄰居瞥見了火光一閃，並聽到放槍聲響，可是周遭的一切並無動靜，他也不以為意。

清晨六點，僕人掌燈進來，發現主人倒臥在地，身旁有手槍和鮮血，他大聲呼叫並抱起了主人，但維特沒有回應，只剩下微弱的氣息。僕人跑出去找醫生和亞柏特。洛蒂一聽到揿鈴聲便開始顫抖，她叫醒亞柏特，兩人都起了床。

---

③《聖經・路加福音》第十章第三十一至三十三節：「偶然有一個祭司從這條路下來，看見他就從那邊過去了。又有一個利未人，來到這地方，看見他，也照樣從那邊過去了。唯有一個撒瑪利亞人，行路來到這裡，看見他就動了慈心。」

④《聖經・約翰福音》第十八章第十一節：「耶穌就對彼得說，收入刀鞘吧。我父所給我的那杯，我豈可不喝呢。」

僕人一邊大哭，一邊結結巴巴地告訴他們這個噩耗，洛蒂立刻在亞柏特面前暈了過去。

當醫生來到這個可憐人身邊時，發現躺在地上的他已回天乏術。儘管仍有脈搏，四肢卻已僵硬——他在自己右眼上方開了一槍，子彈貫穿頭部，腦漿都溢出來了。醫生在他的手上放血，血流了出來，他仍有呼吸。

從椅子扶手的血跡推斷，他是坐在書桌前自殺的，因為他倒了下來，並在椅子周圍抽搐翻滾，然後精疲力竭地仰躺在窗前。他的衣著十分整齊，穿著靴子、藍色長大衣以及黃色背心。

這起事件驚動了屋裡的人、鄰居和整座城鎮。亞柏特來了。維特被抬到床上，額頭上綁著繃帶；面如死灰，動也不能動，只有肺部發出可怕的呼嚕聲，忽強忽弱，大家都在等他嚥下最後一口氣。

昨晚的葡萄酒他只喝了一杯，《艾蜜莉亞・佳洛媞》⑤這本小書仍攤開在桌上。

亞柏特的震驚和洛蒂的悲痛，我無需贅述。

老行政官聞訊趕來，淚流滿面地親吻死者。他的兩個兒子也來了，他們悲傷不已地跪在床邊，親吻維特的手和唇；而維特平時最疼愛的長子，一直吻著他的雙唇，直到他終於斷了氣，人們才費勁地將男孩拉開。

維特在正午時分撒手人寰，行政官與他同事平息了蜂擁而至的人群。大約在深夜十一點鐘，行政官將維特葬在他生前指定的那個地點。這個老人和他的兒子們跟在靈柩後面。亞柏特沒來，他們擔心洛蒂會想不開。工人們抬著棺木，沒有一個神職人員在場⑥。

（全書完）

---

⑤《艾蜜莉亞・佳洛媞》（Emilia Galotti）：德國劇作家萊辛（Gotthold Ephraim Lessing）於一七七二年完成的作品，取材自古羅馬的傳說，故事亦以義大利為背景，卻反映出當時德國社會弊病。內容是，瓜司塔拉王子愛上了已和阿皮安尼伯爵互許終身的艾蜜莉亞，在他們婚禮當天，被人收買的強盜襲擊了禮車，並殺死伯爵，艾蜜莉亞則被引誘到王子的行館。王子的舊愛歐爾西娜伯爵夫人，將這件可怕的事告知艾蜜莉亞的父親，艾蜜莉亞感覺自己的貞節受到威脅，於是要父親答應自己，親手殺了她。

⑥維特的葬禮在夜晚舉行，並由工匠抬棺木，這符合當時的習俗，唯一不同之處在於神職人員缺席——十八世紀的神職人員，不參加自殺之人的葬禮。

## 歌德｜生平事略

| | |
|---|---|
| 1749年 | 八月二十八日，生於德國美茵河畔的法蘭克福。<br>父親約翰・卡斯伯・歌德（Johann Caspar Goethe）為宮廷顧問。 |
| 1755年 | 葡萄牙里斯本發生大地震，對歌德的人生觀與宗教觀產生不小的影響。 |
| 1759～1763年 | 因七年戰爭之故，法軍占領法蘭克福，總督托蘭克伯爵（Comte de Thoranc）進駐歌德的家。<br>注：七年戰爭（Siebenjähriger Krieg，1756～1763）：當時，歐洲兩大勢力（普魯士與英國結盟，對峙奧地利與法國、俄國及神聖羅馬帝國組成的結盟）為爭奪政治權力、殖民地、大西洋航線、貿易利益以及歐洲以外的支持力量，而引發的戰爭。 |
| 1765～1768年 | 至萊比錫攻讀法律，並與凱仙・荀克芙（Käthchen Schönkopf）相戀。<br>完成戲劇《戀人之情緒》（Die Laune des Verliebten）。<br>後因咳血症狀引發肺結核，返回法蘭克福調養。 |
| 1768～1770年 | 病癒。<br>完成喜劇《共犯》（Die Mitschuldigen）。 |
| 1770～1771年 | 赴史特拉斯堡求學，結識詩人約翰・哥弗列・赫爾德（Johann Gottfried Herder），並與芙德麗克・布里翁（Friederike Brion）墜入愛河。<br>取得法學士學位後，返回法蘭克福擔任律師。 |
| 1772年 | 進入威茨拉（Wetzlar）的帝國最高法院實習，並結識已訂婚的夏洛蒂・布芙（Charlotte Buff）。 |

| | |
|---|---|
| 1773年 | 發表大量戲劇諷刺作品，以及悲劇《浮士德》（Urfaust）初稿。<br>出版論文《德意志建築論》（Von deutscher Baukunst）、戲劇《鐵手騎士葛茲・馮・貝利欣根》（Götz von Berlichingen mit der eisernen Hand）。 |
| 1774年 | 初識薩克森－威瑪－埃森納赫（Sachsen-Weimar-Eisenach）公國的卡爾・奧古斯都（Karl August）公爵。<br>出版小說《少年維特的煩惱》。 |
| 1775年 | 四月與莉莉・荀內曼（Lili Schönemann）訂婚，秋天即解除婚約。<br>首度至瑞士旅行。<br>應卡爾・奧古斯都公爵之邀前往威瑪，十一月七日抵達。<br>完成悲劇《史黛拉》（Stella）。 |
| 1776年 | 擔任公職。<br>愛上長他七歲的有夫之婦夏洛蒂・馮・史黛茵（Charlotte von Stein）。<br>發表戲劇《兄妹》（Die Geschwister）。 |
| 1777年 | 妹妹珂內莉雅去世。<br>首次至哈次山旅行。<br>注：哈次山（Harz）：位於德國中北部，跨下薩克森（Niedersachsen）、薩克森—安哈特（Sachsen-Anhalt）及圖林根（Thüringen）三個邦。<br>創作小說《威廉・麥斯特的戲劇使命》（Wilhelm Meisters theatralische Sendung）。 |
| 1779年 | 擔任樞密顧問。<br>與卡爾・奧古斯都公爵同遊瑞士。<br>完成戲劇《陶里斯的伊菲娟妮》（Iphigenie auf Tauris）。 |
| 1780年 | 開始研究礦物學。 |

| | |
|---|---|
| 1782 年 | 五月父歿。六月受封為貴族。 |
| 1783～1785 年 | 再遊哈次山；一七八四年三月發現人類的前頜骨。開始研究植物學。 |
| 1786 年 | 前往義大利，主要停留羅馬，亦曾至拿坡里、西西里等地，並熱中於繪畫。<br>完成並發表改寫成詩體的《陶里斯的伊菲娟妮》，且完成悲劇《艾格蒙特》（Egmont）；繼續創作戲劇《托爾夸託・塔索》（Torquator Tasso）、《浮士德》（Faust）。 |
| 1788 年 | 返回威瑪，逐漸接管並主導國家科學與藝文事務。<br>結識出身貧寒的克莉絲緹安娜・芙爾琵絲（Christiane Vulpius），迅速墜入情網、同居。<br>九月七日初識弗列德里希・席勒（Friedrich Schiller）。 |
| 1789 年 | 法國大革命爆發。<br>十二月二十五日，兒子奧古斯特（August）出生。 |
| 1790 | 至威尼斯及西利西亞旅行。開始研究色彩學。<br>注：西利西亞（Schlesien）：中歐地區地名，位於現今奧德河流域兩側，大部分為波蘭屬地，少部分屬於德國及捷克。<br>創作格言詩《威尼斯箴言》（Venezianische Epigramme）；出版戲劇《托爾夸託・塔索》（Torquator Tasso）。 |
| 1791 | 被任命為威瑪宮廷劇院總監。 |
| 1792～1793 年 | 與卡爾・奧古斯都公爵出征法國，歷經瓦爾密戰役及美茵茲圍戰。<br>出版專論《光學論文》（Beiträge zur Optik）；完成敘事詩《萊內克之狐》（Reineke Fuchs）。 |

| | |
|---|---|
| 1794年 | 與席勒的友誼日益深厚，並受他之邀參與雜誌《詩序》（Die Horen）編輯工作。 |
| 1795～1797年 | 發表小說集《德意志流亡者閒談集》（Unterhaltungen deutscher Ausgewanderten）、詩集《羅馬哀歌》（Römische Elegien）。<br>至卡斯巴爾德、瑞士及法蘭克福等地遊歷。<br>注：卡斯巴爾德（Karlsbad），位於捷克共和國西部，今名卡羅維瓦利（Karlovy Vary）。<br>出版小說《威廉・麥斯特的學習年代》（Wilhelm Meisters Lehrjahre）、童話《童話》（Die Märchen），以及敘事詩《赫爾曼與朵洛緹雅》（Hermann und Dorothea）；翻譯傳記《班文努托・切里尼》（Benvenuto Cellini），並論述這位義大利文藝復興時期的藝術家。 |
| 1798年 | 完成詩歌《植物的變態》（Metamorphose der Pflanzen）。 |
| 1799年 | 翻譯伏爾泰的《穆罕默德》（Mohamet）、《唐克雷德》（Tancred）。 |
| 1803年 | 任德國東部圖林根邦（Thüringen）耶拿大學的自然科學院院長。<br>出版悲劇《私生女》（Die Natürliche Tochter）。 |
| 1804年 | 拿破崙登基。 |
| 1805年 | 席勒過世；為席勒詩集《鐘之歌》（Das Lied von der Glocke）作跋。 |
| 1806年 | 十月十四日，發生耶拿會戰，克莉絲緹安娜奮力阻擋入侵的士兵，讓歌德及時受到保護。<br>注：耶拿會戰（Schlacht bei Jena）：英國、俄國、普魯士等國組成「第四次反法同盟」，由普魯士首先對法宣戰，法軍隨後在耶拿、奧爾斯塔（Auerstedt）兩地擊潰普軍。<br>十月十九日，與克莉絲緹安娜結婚。 |

| | |
|---|---|
| 1808年 | 母歿。<br>十月，三次謁見拿破崙。<br>戲劇《潘朵拉》（Pandora）、《浮士德・第一幕》（Faust, erster Teil）問世。 |
| 1809～1811年 | 出版小說《親和力》（Der Wahlverwandtschaft）、專書論述《色彩學》（Zur Farbenlehre）、自傳《詩與真・第一部》（Dichtung und Wahrheit, erster Teil）。 |
| 1812年 | 認識貝多芬、奧地利王妃瑪莉亞・魯多薇卡（Maria Ludovica）。<br>出版自傳《詩與真・第二部》（Dichtung und Wahrheit, zweiter Teil）。 |
| 1813年 | 萊比錫會戰——俄國、普魯士、奧地利及瑞典等國組成軍隊，共同對抗並擊敗拿破崙。 |
| 1814年 | 至萊茵河及美茵河地區旅行。<br>出版自傳《詩與真・第三部》（Dichtung und Wahrheit, dritter Teil）。 |
| 1815年 | 維也納會議後，所有的文化機構都歸歌德掌理。 |
| 1816年 | 妻子克莉絲緹安娜歿。<br>出版遊記《義大利之旅》（Italienische Reise）。 |
| 1817年 | 兒子奧古斯特與歐緹麗・馮・波維許（Ottilie von Pogwisch）結婚。 |
| 1819年 | 長孫瓦爾特（Walter）出生。<br>出版《東西詩集》（West-östlicher Divan）。 |

| | |
|---|---|
| 1820年 | 次孫沃夫岡（Wolfgang）出生。 |
| 1823年 | 約翰・佩特・艾克曼（Johann Peter Eckermann）首次來訪，並成為歌德的秘書。<br>因心臟疾病至捷克共和國的馬倫巴（Marienbad）療養，並愛上十九歲的烏瑞克・馮・列薇佐（Ulrike von Levetzow）卻遭拒。<br>創作詩集《馬倫巴哀歌》（Marienbader Elegie）。 |
| 1825年 | 威瑪劇院失火。<br>十一月七日，宮廷慶祝歌德來到威瑪五十週年。 |
| 1827年 | 長孫女阿爾瑪（Alma）出生。<br>夏洛蒂・馮・史黛茵歿。 |
| 1828年 | 卡爾・奧古斯都公爵歿。 |
| 1829年 | 完成小說《威廉・麥斯特的漫遊年代》（Wilhelm Meisters Wanderjahre）。 |
| 1830年 | 兒子奧古斯特歿。<br>自傳《詩與真・第四部》（Dichtung und Wahrheit, vierter Teil）定稿，但至一八三三年才出版。 |
| 1831年 | 《浮士德・第二幕》完稿彌封，直至歿後才發表。 |
| 1832年 | 因感冒感染肺炎，於三月二十二日辭世。 |

翻譯、整理／謝靜怡

國家圖書館出版品預行編目資料

少年維特的煩惱／歌德（Johann Wolfgang von Goethe）著；
謝靜怡譯
——二版——臺中市：好讀，2023.12
面；　　公分——（典藏經典；73）
譯自：Die Leiden des jungen Werther
ISBN 978-986-178-686-5（平裝）
875.57　　112013990

好讀出版

典藏經典 73

# 少年維特的煩惱

作　　者／歌德 Johann Wolfgang von Goethe
譯　　者／謝靜怡
總 編 輯／鄧茵茵
文字編輯／簡伊婕、鄧語葶
美術編輯／賴維明
內頁編排／王廷芬

發 行 所／好讀出版有限公司
407 臺中市 西屯區大有街 13 號
TEL:04-23157795　FAX:04-23144188
http://howdo.morningstar.com.tw
（如對本書編輯或內容有意見，請來電或上網告訴我們）
法律顧問／陳思成律師

總 經 銷／知己圖書股份有限公司
106 台北市大安區辛亥路一段 30 號 9 樓
TEL：02-23672044　02-23672047　FAX：02-23635741
407 台中市西屯區工業 30 路 1 號
TEL：04-23595819 FAX：04-23595493
電子信箱／ service@morningstar.com.tw
網路書店／ http://www.morningstar.com.tw
讀者專線／ 04-23595819 # 212
郵政劃撥／ 15060393（戶名：知己圖書股份有限公司）

印　　刷／上好印刷股份有限公司
二　　版／西元 2023 年 12 月 15 日
定　　價／ 250 元
如有破損或裝訂錯誤，請寄回臺中市 407 工業區 30 路 1 號更換（好讀倉儲部收）

Published by How Do Publishing Co., Ltd.
2023 Printed in Taiwan

ISBN 978-986-178-686-5

# 讀者回函

只要寄回本回函，就能不定時收到晨星出版集團最新電子報及相關優惠活動訊息，並有機會參加抽獎，獲得贈書。因此有電子信箱的讀者，千萬別吝於寫上你的信箱地址

書名：少年維特的煩惱

姓名：______________ 性別：□男 □女　生日：____年____月____日

教育程度：________________________

職業：□學生 □教師 □一般職員 □企業主管

□家庭主婦 □自由業 □醫護 □軍警 □其他______________________

電子郵件信箱（e-mail）：______________________ 電話：________________

聯絡地址：□□□ ________________________________________________

你怎麼發現這本書的？

□書店 □網路書店（哪一個？）__________________ □朋友推薦 □學校選書

□報章雜誌報導 □其他______________________________________________

買這本書的原因是：__________________________________________________

□內容題材深得我心 □價格便宜 □封面與內頁設計很優 □其他_____________

你對這本書還有其他意見麼？請通通告訴我們：

________________________________________________________________

你買過幾本好讀的書？（不包括現在這一本）

□沒買過 □ 1 ～ 5 本 □ 6 ～ 10 本 □ 11 ～ 20 本 □太多了

你希望能如何得到更多好讀的出版訊息？

□常寄電子報 □網站常常更新 □常在報章雜誌上看到好讀新書消息

□我有更棒的想法 ____________________________________________

最後請推薦五個閱讀同好的姓名與 E-mail，讓他們也能收到好讀的近期書訊：

1. ____________________________________________________________

2. ____________________________________________________________

3. ____________________________________________________________

4. ____________________________________________________________

5. ____________________________________________________________

我們確實接收到你對好讀的心意了，再次感謝你抽空填寫這份回函

請有空時上網或來信與我們交換意見，好讀出版有限公司編輯部同仁感謝你！

好讀的部落格：http://howdo.morningstar.com.tw/

好讀的臉書粉絲團：http://www.facebook.com/howdobooks

請填妥後對折黏貼，直接投郵即可，無須貼郵票。

| |
|---|
| 廣告回函 |
| 臺灣中區郵政管理局 |
| 登記證第 3877 號 |
| 免貼郵票 |


# 好讀出版有限公司　編輯部收

407 臺中市西屯區何厝里大有街 13 號

電話：04-23157795-6　傳眞：04-23144188

沿虛線對折

## 購買好讀出版書籍的方法：

一、先請你上晨星網路書店http://www.morningstar.com.tw檢索書目或直接在網上購買

二、以郵政劃撥購書：帳號15060393 戶名：知己圖書股份有限公司並在通信欄中註明你想買的書名與數量

三、大量訂購者可直接以客服專線洽詢，有專人爲您服務：客服專線：04-23595819轉230 傳眞：04-23597123

四、客服信箱：service@morningstar.com.tw